우리에게
남은 시간 ————46일 2

이설 지음

# Contents

## 목차

1장

보고 싶다고 외치면  6

2장

우리에게 다시 허락된 시간  48

3장

엇갈리다  87

4장

마지막 사랑  142

---

# 보고 싶다고 외치면

해인이 우현의 곁을 떠난 지도 벌써 몇 달이 흘렀다. 그러는 사이에 계절이 변했다. 계절과 함께 다른 많은 것도 변했다. 태어나는 사람도 늙는 사람도 있었다. 온전히 다 늙지 못하고 병들어 떠나는 사람도 있었다. 사람들은 저마다 만나고 헤어졌다. 우현 역시 나무가 이파리를 돋아내고 나이테를 늘려가는 것처럼 머리카락이 길어지고 전에는 없었던 주름도 아주 얇고 적게나마 늘려가고 있었다.

우현은 그렇게 시간과 함께 많은 것이 변한다는 게 야속하면서도 한편으론 다행일지도 모른다고 생각했다.

그녀가 내 곁을 떠나갔다는 슬픔과 공허함, 상실감이 끝나지 않고 계속되기만 한다면 도무지 앞으로의 생을 살아갈 자신이 없었기 때문이다.

그가 기대했던 것처럼, 다행히도 아주 조금씩 슬픔도 옅어지긴 하는 것 같았다. 며칠이 흘렀는지도 자각하지 못할 정도로 집에만 틀어박혀 있다가 처음으로 산책을 한 날에는 세상이 온통 눈부셔서 제대로 눈을 뜨지 못했다. 입을 틀어막고 일만 하던 흐름에서 벗어나 사람들을 만나 질문과 대답을 주고받았다. 그러면서 몇 번은 웃는 얼굴도 보여줄 수 있었다. 좀처럼 챙겨서 먹지 못했던 끼니를 챙겼다. 주어진 일을 착실히 해내다 보면 금세 밤이 찾아왔고 우현은 그때마다 작은 뿌듯함을 느꼈다.

하지만 완벽히 새로운 삶을 살게 된 건 아니었다. 산책을 하다 보면 자연스레 떠나간 해인과 함께 걸었던 길을 걷고 있었다. 모든 대화에 해인의 말버릇이 녹아들어 있었다. 아주 가끔이라도 상대방으로부터 해인의 흔적이 느껴지면, 우현은 그로부터 무한한 호의를 느끼기도 했다. 갑작스러운 우현의 태도 변화에 상대방은 조금은 당황하기도 했는데, 우현은 그때마다 자기가 큰 실수라도 저지른 것처럼 당황하곤 했다. 식당에 들어가서는 몇 사람이냐 묻는 점원의 말에, 매번 두 사람이라고 대답하는 똑같은 말실수를 거듭했다. 온종일 열심히 일하다가 집으로 돌아왔는데 수고했다며 자신을 토닥여주는 사람이 없다는 것을 깨달을 때마다 한없이 기분이 가라앉았다. 이렇게 침대에 누워있는 그대로 몸도 마음도 녹아서 사라져 버릴 것만 같다고 생각했다.

내 마음은 지금 어디쯤 있을까?
해인의 죽음이 곧 우리 사랑의 죽음을 뜻한다면 나에겐 얼마나 더 많은 애도의 시간이 필요한 걸까?

언젠가 어디선가 죽음을 앞둔 사람에게는 다섯 가지 단계의 감정이 스쳐 간다는 말을 들은 적이 있었다.

처음에는 죽음을 '거부'한다고 했다. 현실을 인정하지 않는 것이다. 나는 아프지 않아. 나는 죽지 않아. 의사가 잘못 진단했을 거야. 라고 억지를 부리는 것이다. 다음으로는 '분노'가 뒤따른다. 왜 나에게 이런 일이 일어났지?

나는 착하고 올바르게 살아왔는데 왜 내가 죽어야 하는 거지? 라는 생각을 하며 자꾸만 화를 내는 것이다. 이후에는 '타협'과 '침울', '수용'이 이어진다. 이런 처지에 놓인 사람은 자신만이 아니라고 합리화하거나 이리저리 빠져나갈 방법을 찾기 시작하다가, 이내 아무 소용도 없다는 생각에 자신의 지난 삶에 대해 다시 한번 되돌아보고 결국 있는 그대로를 인정하고 받아들이게 된다.

맨 처음에는 제정신이 아니었다. 제정신으로 있을 수 없었다. 해인이 더는 내 곁에서 살아 숨 쉬지 않는다는 게 이해되지 않았다. 원래 짓궂은 거짓말을 하기를 즐겼던 그녀가 자신 주변의 모든 사람과 작당하여 커다란 이벤트를 준비하고 있는 거라고 망상했다. 이쯤 되면 '짜잔, 깜짝 놀랐지?'라고 말하며 나타날 것 같은데 좀처럼 그녀가 나타나지 않아 의아하기만 했다. 또 당장이라도 말을 걸면 그녀가 대답해 올 것만 같아서 몇 번이고 메시지를 보내기도 했다. 그러다 그 번호의 새로운 주인으로부터 밑도 끝도 없는 위로의 말을 전해 듣고 나서야, 지금 내가 뭘 하고 있는 걸까 자책해 버리고 말았다.

자기야, 네게 무슨 잘못이 있어서 넌 이렇게 빨리 떠나가는 걸까? 나쁜 사람은 많고도 많은데 왜 하필 자기일까? 가더라도 내가 가는 게 맞는데 왜 하필 당신일까? 수도 없이 물었다. 수도 없이 물었지만 대답이 없었다. 왜 대답하지 않느냐고 물었다. 대답이 없었다. 울부짖음에 가까운 소리로 다시 물어도 마찬가지였다.

착한 일을 해보았다. 반대로 자신의 건강을 해치는 짓도 해보았다. 착한 일을 하다 보면 그녀가 혹시라도 돌아올까 해서, 자신의 건강을 소비하면 다시 그녀의 건강이 채워져 죽음에서 생으로의 역전이 가능할까 싶어서였다. 물론 그러한 일들 때문에 하늘이 감복하는 일도 한 번 떠나간 그녀가 돌아오는 일도 없었다.

이후로는 침울과 수용의 나날만이 펼쳐지고 있었다. 그래, 정말 그녀의 죽음이 곧 사랑의 죽음을 뜻한다면 우현은 침울과 수용 사이의 어디쯤에 있었다. 이제는 그녀가 떠난 것을 이해하지만 그게 여전히 슬픈가 슬프지 않은가는 그와 다른 이야기였다.

회사나 모임에서 종종 자신을 마음에 들어 하는 사람이 나타나도 그다지 기쁘지 않았다. 한때 외모적으로나 성격적으로 자신이 좋아하는 타입이라고 생각했었던 사람이 눈에 들어와도 별다른 감흥이 없었다.

"정말 죄송해요. 사실 제가 유부남이라서 이런 대화에는 끼어들 수가 없어요."

라며, 완곡한 거절의 의사를 표하는 데에만 집중했다. 분명 보여줄 수 있는 최대한의 미소와 함께 건넨 말이었는데 자기 앞의 사람들은 금세 표정을 바꾸며 어색한 태도를 보이곤 했다. 그때마다 주변에선 어느 정도는 어울려도 되는 것 아니냐며, 좋은 게 좋은 것 아니냐며 나무랐지만 우현은 미안하다는 말만 반복했다. 마음이 마음처럼은 안 된다는 걸 그는 오래전부터 알고 있었다.

정적이 싫어 틀어둔 텔레비전에서는 가끔 사람들의 죽음을 다루는 이야기가 나왔다. 이렇게 젊은데 세상을 떠나는 게 말이 되냐는 누군가의 목소리가 스쳐 갔다. 그러게. 모든 죽음은 다 슬프지만 젊은 사람이 죽는 건 더 슬픈 것 같아. 우현이 집안일을 하며 혼잣말했다.

과연 젊은 나이에 세상을 떠난 사람들의 숫자는 얼마나 될까? 그리고 그들이 떠나고 남은 자리에서 나처럼 슬퍼하는 사람의 숫자는 얼마나 될까? 거리를 걸으며 보는 사람들의 얼굴은 다 나보다는 멀끔해 보이는데, 사실은 그 안에 마음이 괜찮지 못한 사람들도 숨어 있는 거였을까?

"너도 내가 지긋지긋하냐?"

몇 번은 상윤이나 양훈 같은 친구들에게 자격지심에 찌든 질문을 하기도 했다. 너 지금 표정이 그깟 것 이제 빨리 잊어버리고 내 삶을 살라고 말하는 것 같은데 친구로서 그래도 되는 거냐며. 그들은 내가 언제 그렇게 말했냐며 당황하고 그를 감싸줬지만, 그리고 우현은 술이 다 깨고 난 뒤에야 자신이 얼마나 최악까지 치달았는지 알고 부끄러움에 치를 떨었지만, 그 마음의 움직임을 멈추기가 너무나도 힘들었다.

"한 번에 괜찮아질 수 없는 게 당연하지 우현아."

어젯밤엔 미안했다며 양훈에게 메시지를 보냈을 때, 양훈이 전화를 걸어와서 한 말이었다. 나도 해인이를 오랫동안 알아 온 입장에서 시시때때로 마음이 허해지는데, 결혼까지 했던 너는 얼마나 힘들겠냐면서. 그래 정말 슬픔에도 관성이라는 게 있는 것 같아. 우현은 그렇게 말하며 조용히 고개를 끄덕였다. 수화기 건너편에선 그가 무슨 말이라도 더 하기를 기다리는 것 같았지만, 우현은 아랑곳하지 않고 계속 생각을 이어갔다.

슬픔의 관성은 강의 거대한 물줄기 같은 것이어서 우현이 가만히 있어도 두 사람의 추억이 있는 방향으로 우현을 데려갔다. 아무것도 하지 않아도 되는 평화로운 주말 가운데에서도 습관처럼 아련해졌다. 그걸 좋아하는 사람은 이제 내곁에 없는데 해인이 좋아했었던 물건이라는 이유로 무작정 고르고는 선물 포장을 부탁했다. 집에서는 혼잣말을 멈출 수 없었다. 그리고 혼잣말의 마지막은 언제나 '보고 싶어'였다. 보고 싶다는 말은 해인과 우현이 같은 곳에서 여전히 함께라는 착각으로부터 우현을 현실로 끄집어내는 말임과 동시에 그의 여전한 마음을 단적으로 보여주는 말이었다. 보고 싶다는 말이 텅 빈 공간에 울려 퍼지면 그다음의 보고 싶어가 이어졌다. 보고 싶다는 말은 그렇게 몇 번이고 이어지곤 했다.

"일부러 반대되는 것들을 해보는 건 어때?"

한참 동안 우현의 말을 기다렸던 양훈이 문득 한마디를 던졌다.

"응? 무슨 소리야."

"내가 너랑 알고 지낸 지가 몇 년인데 그걸 모르고 있겠냐. 습관처럼 해인이 생각하느라 힘든 거 아니야. 그러니까 조금이라도 괜찮아지려면 뭐든 반대로 해보는 게 어떻겠냐는 말이야. 안 가본 데도 좀 가보고. 안 입어본 옷도 좀 입어보고, 해인이랑 완전히 정반대인 사람들 만나서 밥도 먹으려고 해보고. 그러면 조금이라도 나아지지 않겠어?"

그건 쉽게 말해서 추억의 반대 방향으로 걸어보라는 말이었다. 그러면 적어도 추억은 내 뒤통수가 있는 방향에 있을 테니 그것들이 보여서 괴로울 일은 없을 거라고. 그게 정말 효과가 있을까, 라고 대답할까 싶었지만 모처럼 양훈이 자신을 생각해서 해준 말이었으니 잠자코 알았다고 대답했다. 아닌 게 아니라 우현 역시 자신의 일상이 조금이라도 여유롭고 평화로워진다면야 그런 시도들을 마냥 피하기만 할 필요는 없었으니까.

오래전부터 동네에 있었지만 어쩌다 보니 한 번도 들르지 않았던 카페에서 커피를 마셨다. 매번 해인과 함께 갔던 2층 그 카페가 아닌 곳에서 커피를 마신 건 정말 오랜만이었다. 마지막이 언제였는지도 까마득해질 정도로 기억이 흐릿해진 쇼핑을 나섰다. 해인과는 다른 사람, 그러니까 늘 차분하고 가끔은 어둡게 느껴지기까지 하는 사람들을 만나 그들의 세계를 이해하고 그 안에서 대화의 즐거움을 찾아보려고도 노력해보았다. 다행히도 그런 일들은 정말 각각의 효과가 있는 것 같았다. 그러는 동안에는 정말 해인의 생각이 나지 않았으니까.

주말을 맞아 차를 몰고 북쪽으로 달렸다. 거기엔 단한 번도 가본 적 없었던 산악 도시가 많았다. 언젠가 책에서나 한두 번 봤을 법한 도시로 접어드니 그곳에는 드문드문 보이는 모텔이나 투박한 식당 말고는 전부 산 뿐이었다. 대충 관리한 도로를 달릴 때마다 차가 덜컹거렸다. 우현은 아랑곳하지 않고 이쪽으로 또 저쪽으로 핸들을 돌렸다. 그러다가 아주 가끔씩 고개를 돌려 조수석 위에 놓인 가방을 바라보았다.

가는 곳마다 틈이 없었다. 식당에 들어가서 밥을 먹어도 그곳의 손님들과 종업원은 이미 아는 사이인 양 친근하게 대화를 나누고 있었고, 편의점에 들어가도 모든 사람이 오래전부터 아는 사이였던 것처럼 반말을 주고받고 있었다. 그렇다 보니 완전한 이방인으로 그곳에 침범한 우현을 사람들은 내심 흥미로운 표정으로 살펴보았다. 식당에서는 음식을 서빙하는 어느 중년 여성이 이동네에는 무슨 일로 온 거냐고 물어왔다. 우현은 그냥 여행이요, 대답했지만 여자는 '여기는 여행 올 만한 곳이 아닐 텐데.'라고 말하곤 느리게 멀어졌다.

적당히 이곳저곳을 둘러본 뒤에 우현은 가장 먼저 눈에 보인 허름한 모텔로 향해 방을 얻었다. 모텔 카운터에서 꾸벅꾸벅 졸고 있던 사람 역시 그를 미심쩍게 바라보았지만 방으로 올라와 침대에 몸을 던진 우현의 표정은 정말로 한결 가벼워 보였다.

"날씨 진짜 좋다."

우현이 누운 채로 속삭였다. 고개를 돌려 창가 쪽을 바라보니 진녹색의 산이 보였다. 사방이 산인 도시라서 그런지 또 아직 해가 지기 전이라서 그런지 보는 것만으로도 작은 생명력이 느껴지는 것 같았다.

다시 시선을 조금 더 아래로 떨군다. 거기엔 운전하는 내내 조수석에서 자리를 지키고 있던 여행용 배낭이 놓여 있었다. 우현이 한숨을 몇 번 푹푹 쉬었다. 그리곤 몸을 일으켜 가방이 있는 쪽으로 걸어가 가방의 지퍼를 열었다. 속옷과 태블릿, 세면도구 사이에 노란 공책 한 권이 존재감을 뽐내고 있었다.

"이래서는 이런 여행도 의미가 없는데."

우현이 그렇게 말하며 공책을 집어 들었다. 해인이 막 아프기 시작했을 무렵부터 썼던 일기장이었다. 거기엔 죽음에 대한 두려움과 절망도, 열심히 싸워보겠다는 의지도 들어있었지만 무엇보다도 우현을 향한 해인의 사랑이 가장 많이 들어있었다. 해인의 죽음 이후로 우현은 회사를 가든 어디를 놀러 가든 그 일기장을 꼭 챙겨 다녔다. 그리곤 혼자 살아가는 지금이 부쩍 힘들게 다가오거나 떠난 그녀가 그리워질 때마다, 또는 그냥 아무것도 아무 생각도 안 할 때마다 습관처럼 그것을 꺼내 읽었다.

일기를 읽을 때마다 내용이 변한다거나 다르게 읽힌다거나 하는 것은 아니었다. 하지만 그 필체와 거기에 담긴 마음들은 혼자 남은 우현이 느낄 수 있는 몇 없는 해인의 흔적들이었다.

물론 얼마 전에 그 일기장의 뒷면 그러니까 해인이 일기를 쓰지 않고 비워두기만 한 페이지들을 아무렇게

나 넘기다가 어떤 문장 하나를 발견하기도 했다.

  '우현아, 우리는 다시 만날 수 있을 거야.'

  이상하게 그 한마디가 계속 맴돌았다. 해인의 추억으로부터 조금이라도 더 자유로워지기 위한 여행을 떠나온 와중에도 일기장을 챙겨온 것도 그 때문이었다. 다시 만날 수 있을 거라는 말이 정확히 무엇을 뜻하는 건지 알 수 없었다. 물어볼 사람도 물어본다고 해서 대답해줄 사람도 없었다. 언젠가 오랜 시간이 흐른 뒤에 우현 역시 죽음을 맞게 된다면 그때 다시 만날 거라는 뜻인 건지, 아니면 정말로 어떤 계기에 의해 다시 만날 수 있게 될 것인지. 물론 그건 말도 안 되는 이야기였겠지만 말이다.

  "사람이 원래 그래. 무언가가 자기 삶 속에서 대단해지고 나면 그 무언가의 흔적마저도 대단하게 생각하게 돼. 그러다 보면 작은 부스러기마저도 확대해서 해석하고 말이지."

우현은 그렇게 말하곤 빈 공책 한가운데에 쓰인 해인의 한마디를 빤히 내려다보았다.

고작 하루에서 이틀 남짓한 짧은 여행이 끝나고 일상
으로 돌아왔지만 피로감이 상당했다. 마음 놓고 푹 자고
도 싶었지만 그럴 수는 없었다. 며칠 뒤면 다른 동네로
이사를 가야 했기 때문에 집 곳곳을 정리하고 짐 싸는
일을 미루면 안 됐기 때문이었다.

우현과 해인이 우현의 집에서 짧은 결혼 생활을 함께
하긴 했었지만 그전에는 오랫동안 해인의 집과 우현의
집이 따로 있었기에, 그리고 원래 처음부터 비워져 있었
던 것보다 누군가가 머물다가 떠나간 공간이 더 크게 다
가오는 법이었기에 우현은 집이 너무 넓다는 느낌을 떨
쳐낼 수 없었다. 나만의 아늑한 공간이었던 집이 해인의
사후에는 걸어도 걸어도 끝이 없는 공간, 그릇 하나를
떨어뜨려도 영원에 가깝도록 울림이 남는 공간이 되어
버렸다. 그리고 무엇보다도 거의 모든 물건과 가구에 그
녀에 관한 기억이 스며 있어서 좀처럼 마음이 괜찮아지
지 않았다.

조금이라도 더 집다운 집에서 살기 위해, 그리고 조

금이라도 더 혼자 남은 사람으로 온전히 살기 위해 이사를 결심했다. 새로운 곳에 살림을 꾸린다고 해서 마법처럼 괜찮아지는 일은 어려울 수 있겠지만 그래도 아무것도 안 하는 것보단 낫겠다는 마음이었다.

짐을 꾸리기 전에 일단 좀 치워야 할 것 같았다. 이 서랍도 저 서랍도 일관성 없게 물건들이 섞여 있었고 옷장과 선반 가리지 않고 책과 옷들이 뒤죽박죽 엉켜 있었다. 몇 달 동안 산다고 살아왔는데 과연 어떤 정신머리로 살아온 건지 알 수가 없게 되어버려 한숨부터 나왔다.

바로 쓸 만한 물건들과 당장은 아니어도 언젠가 필요할 것 같긴 한 물건들 그리고 버려도 좋을 것 같은 물건들을 분류하기 시작했다. 가장 먼저는 책상 서랍이었다. 맨 아래 칸부터 열어 물건들을 정리하기 시작했다. 잃어버린 줄로 알았던 핸드폰 충전기와 이어폰, 친구로부터 기념품으로 선물 받은 스위스산 초콜릿 같은 것들이 일관성 없이 튀어나왔다. 우현은 당장 중요하지 않다고 판단되는 건 무작정 눈에 안 보이는 곳으로 욱여넣곤 했던 과거의 자신을 반성했다. 결국 이렇게 나중에 고생할 거면서 그땐 왜 그랬을까.

위 칸도 다를 건 없었다. 유통기한을 한참 넘긴 핸드크림이 포장을 뜯지도 않은 상태로 발견됐고 자신이 잃어버린 게 아니라고 바득바득 우겼던 회사 캐비닛 열쇠가 경쾌한 소리를 내며 반짝 빛을 발할 땐 허탈한 웃음마저 나왔다. 이걸 어떻게 해야 하나. 결국 그때 억지로 문을 따고 이후로는 잠그지 않은 채로 캐비닛을 쓰고 있었는데 그게 사실은 제 탓이 맞았다며 이실직고해야 하나 생각했다. 몰라, 그건 나중에 생각하자. 우현은 조금 전보다 더 신경질적으로 서랍을 쿵 닫았다.

그때 머리에서 무언가가 팔락팔락 떨어지는 것이 보였다. 서랍을 닫을 때의 충격으로 위쪽에 있던 무언가가 떨어지는 모양이었다. 노란색 포스트잇이 몇 장 떨어지고 있었다. 대충만 봐도 그건 해인의 글씨들이었다.

뭐지? 해인이가 뭐를 써서 붙여뒀었나? 우현은 떨어진 종이들을 하나씩 주워 들여다봤다. 거기엔 아주 당연하고도 일상적이지만 그 글씨의 주인이 더는 이 세상에

없음으로써 서글퍼진 메모들이 적혀 있었다.

'우현이가 좋아하는 김치볶음밥 만드는 법. 중요한 포인트는 과하다 싶을 정도의 버터.'

그랬구나, 그래서 아무리 따라서 만들어보려 해도 그 맛이 안 났던 거구나. 우현은 짐을 정리하다 말고 주저앉아 피식 웃었다.

다음 장에는 또 다른 메모가 적혀 있었다. '내가 우현이한테 불러주고 싶은 노래 10선'에서 시작해서 '우현이가 좋아했던 데이트 코스 목록'까지. 글자들은 그녀의 밝고 맑은 말투처럼 많기도 많았다.

나는 이제 조금씩 너로부터 자유로워지려 애쓰고 있는데 그래도 넌 이렇게 오래 남아 있구나.

"보고 싶어."

소리 내어 말하니 안 그래도 넓게 느껴졌던 집이 더

넓어지기 시작하는 것 같았다. 크게 말한 것도 아닌데 목소리가 울렸다.

"보고 싶어. 보고 싶어. 보고 싶어."

조금씩 힘을 주어 말했다. 이 목소리, 이 마음이 네가 있는 곳까지 올라가서 닿는다면 얼마나 좋을까. 그래서 네가 다시 살아서 돌아오지는 않더라도 어떤 대답 같은 것이라도 준다면. 하지만 어렵겠지. 내가 그렇게 많이 우는 동안에도, 꿈에 나와 달라고 몇 번을 부탁하는 동안에도 해인은 응답을 준 적이 없었으니까.

종이들을 잘 포개어 주머니에 넣어두곤 다시 정리를 시작했다. 어느덧 중간 높이까지는 올라와서 허리를 굽힐 필요 없이 편히 앉아서 물건들을 꺼낼 수 있었다. 손이 잘 닿는 위치의 서랍이라 그런지 그다지 버릴 것이 많이 보이진 않았다. 다시 서랍을 닫았다. 다시 무언가가 머리 위에서 펄럭대며 떨어졌다. 똑같은 색의 포스트 잇이었다. 메모가 더 남아 있었나. 과연 어디에서 떨어지는 걸까. 우현은 자신의 발치에 떨어진 종이를 한 장

주워 내려다보았다.

거기엔 '나도'라는 두 글자가 적혀 있었다.

무슨 뜻일까. 메모할 당시에 뭔가를 더 적으려다가
멈춤 것이었을까. 그렇다기엔 네모난 종이에 거의 꽉 찰
정도로 두 글자만 적혀 있었다. 그렇다면 무엇에 대한
'나도'였을까? 혹시라도 조금 전에 내가 보고 싶다고 몇
번을 말한 것에 대한 응답이었을까? 그럴 리는 없겠지.
혹시나 싶어 천장을 다시 올려다보았다. 거기엔 다른 어
떤 메모도 더 붙어있지 않았다.

우현은 마법이나 영혼 같은 이야기를 믿는 편은 아니
었지만 그래도 그 순간에만큼은 그게 해인의 대답이었
으면 좋겠다고 생각했다.

*

    또다시 해인의 글씨를 마주한 것은 한 달이 지나지 않았을 때였다. 여차여차 이사를 마치고 새로운 동네에 적응을 해갈 무렵이었다. 생일을 맞은 우현은 하필이면 생일이 주말이어서 곤란해하고 있었다. 어릴 때였다면야 동네 친구들을 전부 불러 모아서 술이라도 실컷 마셨을 텐데 이제는 뿔뿔이 흩어진 것도 흩어진 것이었고 각자의 시간을 보내느라 선뜻 이야기를 꺼낼 수가 없었다. 그렇다고 혼자 어디를 나가서 맛있는 것을 챙겨 먹을 성격도 아니었고 그러고 싶지도 않았다.

    고맙게도 축하 메시지를 보내온 사람이 몇 있었다. 양훈을 비롯한 대학 동기들, 경원을 비롯한 회사 사람들이 이렇고 저런 상품권과 함께 나름의 축하를 건네 왔다. 마침 배가 고픈 와중이었기에 상품권 중 하나를 써서 치킨을 시켜 먹었다. 먹은 흔적을 그대로 내버려두곤 소파에 드러누워 천장을 바라보았다. 색깔이 밝았다. 해가 지려면 아직 몇 시간은 더 흘러야 하는 모양이었다.

"뭘 해야 시간이 좀 빨리 가려나."

회사 일도 좋고 집안일도 좋으니 뭐라도 해야만 할 것 같았다. 그러다 문득 마지막 이불 빨래가 언제였는지도 모를 정도로 빨래를 한 지 오래됐다는 생각이 들어 부랴부랴 침대에서 이불을 걷어냈다. 집을 나서자마자 보이는 길 건너에 빨래방이 있었으므로 동네에 적응도 더 할 겸 나가면 좋을 것 같았다.

세탁기를 돌리고 바로 옆 책방에 들러 이런저런 책들을 둘러보았다. 한때는 이런저런 소설들도 자주 사서 읽곤 했었는데 무심해져 있던 와중에 좋아하는 작가들의 신간이 몇 권 나와 있었다. 책들을 손에 잡히는 대로 읽다 보니 시간이 잘 갔다. 그중 마음에 드는 한 권을 사서 나와 다시 빨래방에 들어갔다. 건조까지 완벽하게 마친 이불에서는 갓 세탁한 세탁물 특유의 포근한 냄새가 풍겨왔다. 책이 들어 있는 봉투와 이불이 담긴 커다란 보따리를 끌어안고 뒤뚱뒤뚱 집으로 걸어 들어왔다. 1층 현관을 지나 우편함을 힐긋 쳐다봤다. 이사를 온 지 얼마 되지 않아 우현은 자신이 살고 있는 호수의 우편함을 찾는 데까지 몇 초 정도 눈알을 굴려야만 했다.

거기엔 다이어리 크기의 노란색 종이가 한 장 빼꼼 고개를 내밀고 있었다. 짐이 많아 손이 자유롭지 않았기에 입으로 그 종이의 모서리를 물어 조심스레 빼냈다. 거기엔 큼지막한 검은 글자가 세 개 적혀 있었다.

'축하해.'

책이 담긴 비닐봉지와 갓 빨래를 마친 이불이 현관 바닥을 나뒹굴었다. 순간적으로 손에서 힘이 풀려 그것들을 다 놓쳐버렸기 때문이었다. 그건 해인의 글씨체와 매우 닮아 있었다.

이건 아닌데. 말이 안 되는데. 아마 생일을 축하한다는 거겠지만 그게 해인의 글씨체로 적혀 있을 수는 없는 일이었다. 또한 이사를 떠나온 새로운 곳으로 그 메모가 도착해서도 안 되는 일이었다. 이러한 글씨체의 주인인 해인은 한참 전에 이미 세상을 떠났으며, 생전의 해인에게는 지난 집에서의 기억만이 있기 때문에 쪽지가 이 우

편함에 들어가 있는 것은 여러모로 말이 안 되는 상황이
었다.

가쁜 숨을 진정시키며 바닥에 있는 물건들을 주웠
다. 그리곤 천천히 계단을 올라가 집 문을 열었다. 이불
을 아무렇게나 침대에 던져놓곤 식탁에 앉아 다시 그 쪽
지를 바라보았다. 그건 아무리 봐도 해인의 글씨체와 닮
아 있었지만, '축하해' 세 글자만을 써둔 걸 보고 해인으
로 단정 짓기는 어려웠다. 사실 해인과 비슷한 필체를
지닌 사람은 어디에라도 있을 수 있었다. 엄청난 악필도
달필도 아니었으므로 흔한 20대, 30대의 여자라면 비슷
한 글자를 쓸 수 있었기 때문이었다. 흡사 그게 완벽히
해인의 필체라고 할지라도 그걸 해인이 썼다고 하기엔
무리가 있는 상황이었다. 그렇다면 누구일까. 누가 이런
쪽지를 써서 우리 집 우편함에 넣어둔 걸까? 생일을 축
하한다는 게 아니라 다른 무언가를 축하한다는 뜻일까?
그런데 하필 우리 집에 실수로 넣어둔 걸까? 아니면 내
가 이곳으로 이사를 오기 전에 먼저 살고 있던 누군가를
향한 메시지였을까?

고개를 흔들어 복잡한 생각을 날려버렸다. 이렇게 고민과 망상을 이어간다 한들 명확해지는 것은 아무것도 없을 것을 알고 있었다. 일단 둬보자는 마음에 그 쪽지를 식탁 구석에 아무렇게나 두었다.

별안간 고소한 냄새가 나는 것 같았다. 이게 무슨 냄새였던가 싶어 코를 킁킁댔다. 냄새의 근원지를 알 수 없어 창문을 열어보기도 했으나 냄새는 이내 날아가 버린 뒤였다.

미역국을 먹고 싶었다. 다행히 집에 말린 미역도 얼려둔 고기도 있었다. 요리에 소질이 있는 건 아니었지만 그래도 기본적인 것은 할 수 있었기에 가벼운 마음으로 미역국을 끓이기 시작했다. 마침 생일이기도 했으니 이정도쯤 챙겨두면 나도 내 주변 사람들도 나를 조금 덜 궁상맞게 여길 것 같았다. 축하해줘서 고마워. 밥을 먹을 때 그렇게 혼자 작게 속삭여보기도 했다.

*

우현에게는 버릇이 생겼다. 출퇴근길에 일 층의 우편함을 쳐다보는 것이다. 이후로 자주는 아니어도 종종 그 의문스러운 종이들이 꽂혀 있었기 때문이었다. 악의가 느껴지는 글자들은 아니었으나 여전히 발신자는 알 수 없었으며 내용은 그보다도 더 알 수 없었다.

손바닥 크기의 다이어리를 아무렇게나 찢은 듯한 종이들에는 정말 알 수 없는 것들이 적혀 있었다. 어떤 종이에는 '31'이라는 숫자만 덩그러니 적혀 있었다. 우현은 그 숫자가 과연 무엇을 뜻하는지, 어떤 전화번호나 비밀번호의 일부인가 싶어 지난 기억들을 되새겨봤지만 짚이는 부분은 없었다. 비밀번호나 주민등록번호를 비롯한 자신이 사용하는 어떤 번호들에도 31이라는 숫자는 없었다.

다른 쪽지에는 어떤 자음들만 적혀 있었다. '축하해' 이후로는 모든 종이가 그랬다. 가령 어떤 날에는 ㅎ ㅅ ㄱ ㅇ이라고 적혀 있다든가, 다른 날엔 ㅂ ㅇ ㄴ ㄴ라고 적혀 있는 식이었다. 네 글자로 이루어진 비밀 신호인가를 의심할 때쯤에는 ㅋㅍ라는 두 개의 자음만이 적혀 있어 우현을 당황하게 만들었다.

'다른 사람이 삽니다. 쪽지 그만 넣어주세요.'라고 나름의 답신을 적어 넣어두어도 소용은 없었다. 분명 잘 보이게끔 걸쳐서 두었는데도 이후엔 그 답신의 뒤로 쪽지가 포개어져 있었다.

과연 정체가 무엇일까?

주말의 한낮에, 우현은 어느새 몇 장은 쌓이게 된 종이들을 테이블 위에 늘어뜨려 놓곤 곰곰이 생각했다. 분명 그만 넣어달라고 표현을 했는데도 계속 쪽지를 넣어두는 이유는 뭘까. 정말 내 우편함이 떳떳하지 못한 사람들의 거래의 경로로 쓰이기라도 하는 것일까. 텔레비전을 통해 연이어 보도되는 마약이랄지 암거래 같은 소식이 떠오를 때는 소름이 돋기까지 했다.

ㅋㅍ라는 자음으로 이루어진 단어에는 무엇무엇이

있을까. 쿠폰? 키퍼? 키핑? 콜 폰(Call phone)? 그게 아니라면 커피? 온갖 자음과 받침의 조합들이 머릿속에서 소용돌이쳤다. 그렇다면 네 글자짜리 조합은? 그것들은 더욱 골치만 아프게 만들었다. 핵심 규율 같다가도 핸섬가이 같기도 한 네 글자가, 법인 내년 같다가 북악 남녘 같기도 한 네 글자가 쉴 새 없이 몰아쳤다. 그건 풀이에 따라 기업의 거래 내역 같기도 했고 정말 간첩들이 주고 받을 것 같은 신호 같기도 했다.

퀴즈라도 내는 것처럼 주변 사람들에게 무작정 그것들을 보여준 적도 있었다. 사람들은 이렇고 저런 나름의 정답들을 내놓았지만 정답이라고 말하며 작은 선물을 줄 수도 없었고 맞는 대답을 알려줄 수도 없었다. 우현 자신조차도 정답을 모르기 때문이었다.

창밖에선 비가 내리고 있었다. 장마는 분명 멀었을 텐데 이틀째 비가 이어지고 있었다. 몇 년 전의 이맘때도 지긋지긋하게 비가 내렸던 것 같은데, 그래서 해인과 '비 안 오는 날 만나기로 하자'라고 약속했다가 결국 비가 계속 내리자 아침부터 아주 큰 우산을 챙기곤 비를 뚫고 나가 그녀를 만났던 것 같은데…….

잠깐, 비 오는 날?

'비 오는 날'이라는 말 역시 띄어쓰기는 들어가지만 'ㅂ ㅇ ㄴ ㄴ'이라는 자음의 조합에 해당되는 말이었다. 우현은 마치 흩어져있던 조각이 한곳에 모이는 기분을 느꼈다.

그 시절에 우현과 해인은 서로 마땅히 하는 일이 없어 매번 소소하고 수수한 데이트만을 일삼았다. 해봤자 분식집에서 끼니를 해결한다든가, 학교의 건물 곳곳의 사람 없는 곳에 앉아 이야기꽃을 피운다든가 하는 식이었다.

며칠 동안 이어지는 비를 뚫고 만난 날에도 특별히 할 만한 것이나 갈 만한 곳이 없었다, 그래서 같이 나란히 한 우산을 쓰고, 비 오는 '호수공원'을 몇 번이고 돌았을 뿐이었다. 우현은 추위를 잘 타는 해인을 위해 집에서 탄 믹스 '커피'를 보온병에 담아서 갖고 왔었다.

ㅎㅅㄱㅇ, ㅂㅇㄴㄴ, ㅋㅍ.

말도 안 되지만 모든 자음들이 그때를 가리키고 있었다. 비 오는 날에 커피를 품에 안고 해인을 만나기 위해 호수공원으로 향했던 아침 말이다.

하지만 어째서? 누가? 왜? 그다음의 물음들이 우현을 괴롭혔다. 그날의 산책은 벌써 몇 년도 전의 일이었고, 그 순간을 함께했던 해인은 이제 곁에 없었다. 그날의 이야기를 아는 사람도 둘 말고는 없는 것이 거의 확실했다. 이 글자들이 정말 그 순간을 가리키는 것이 맞다면 도대체 내게 무엇을 말하려고 하는 걸까. 나는 도대체 어떻게 해야 하는 걸까.

창밖에선 비가 내리고 있었다. 며칠째 그치지 않고 내리는 비였다. 하지만 그건 다르게 말하면 며칠째 그치지 않고 있었으니 곧 그칠 수도 있는 비였다.

집요하게 이어지는 생각을 뒤로하고 옷을 챙겨 입었다. 양말이 젖지 않도록 튼튼하고 굽이 높은 신발을 신고는 차 키와 우산만을 챙기고 집을 나섰다. 보기에 따라 이상한 사람 같겠지만 뭐라도 확인해야 이 밑도 끝도 없는 공상이 마무리될 것 같았다.

다른 동네로 이사를 왔으므로 그 공원까지는 그래도 차로 십 분은 가야 했다. 와이퍼가 신경질적으로 오른쪽에서 왼쪽으로 젖혀지는 횟수만큼 우현도 고개를 갸우뚱댔다. 과연 이게 맞는 걸까. 내가 점점 미쳐가는 걸까. 가서는 뭘 하면 될까. 그때처럼 몇 바퀴를 의미 없이 돌아보면 되려나. 그러다 마주치는 사람을 의심 가득한 눈초리로 바라보면 누군가가 순순히 대답을 해주려나.

며칠째 끊임없이 비가 와서 그런지 호수공원은 더없이 적막했다. 산책을 하는 사람은커녕 새도 고양이도 어디론가 다 숨어들고 없었다. 몇 바퀴를 돌아봐도 달라지는 것은 없었다. 물웅덩이와 나무에 매달린 나뭇잎들만이 소란스럽게 흔들리고 있었다. 우현은 그럼 그렇지 생각하며 다시 차에 올라 집으로 돌아왔다. 집으로 돌아오면서는 보온병에 커피를 타오지 않아서 별일이 일어나

지 않은 걸까 생각했다. 그리곤 말도 안 된다고 혼잣말
하며 크게 웃었다.

다음 날 아침 우현은 그때 해인을 생각하며 탔던 믹
스 커피를 굳이 마트에서 사 와 끓여서 보온병에 담았
다. 그러고는 다시 안전한 신발을 신고 그 호수공원으로
향했다.

비 오는 날씨를 무릅쓰고서라도 산책을 해야 하는 열
혈 강아지와 주인만이 있을 뿐, 공원에는 여전히 적막만
이 흘렀다. 우현은 내가 정말 미쳐버리고 만 거라고 생
각했다. 그리곤 보온병에 담긴 커피를 천천히 마시며 안
개 낀 공원 안쪽을 계속해서 바라보았다.

화가 났다.

애초에 오고 싶어서 온 것도 아니었다. 나와는 아무
상관도 없을지 모를 누군가가 남긴 쪽지를 멋대로 해석
하고 일말의 추억의 조각이라도 건질지 몰라서, 그게 아
니더라도 자신과 해인에 관한 어떤 소식이라도 있을지

몰라서 발버둥 치듯 찾아온 공원이었다. 그리고 그렇게 찾아온 그의 앞을 기다리고 있었던 것은 아무것도 없었고 말이다.

쪽지들이 정말로 자신을 겨냥한 것이 맞았다면 그 쪽지의 주인은 분명 해인과 자신의 관계를 알고 있는 사람일 것이었다. 그리고 어떤 목적을 띠고 그런 번거로운 행위를 며칠에 걸쳐서 몰두하고 있는 것이었다.

머릿속으로 그와 그녀의 사정을 그나마 면밀히 알고 있는 사람을 헤아려봤다. 해인의 가족, 양훈, 경원과 상윤 같은 회사 사람들 말고는 생각나는 사람이 없었다. 그리고 우현이 아는 그들은 적어도 그런 짓궂고 눈치 없는 장난을 칠 만한 사람들이 아니었다. 내가 은연중에 그들에게 실수하거나 앙심을 살 만한 일이 있었나 생각해봤지만 아무리 생각해도 그럴 만한 일은 없었다. 더욱이 안 그래도 유쾌하지 않은 나날을 지내고 있는데 그들을 의심하면서까지 마음을 더 피폐하고 만들고 싶지는 않았다.

그렇다면 누구인가? 내게 왜 이런 일을 하는 걸까? 내가 전혀 예측할 수도 없는 미지의 인물이라면 역시 돈이나 다른 대가를 원하기라도 하는 걸까? 하지만 그래도 그렇지, 이건 너무하잖아. 산 사람도 아니고 이제는 죽은 사람에 관한 기억들을 들춰내는 건.

그것도 아니라면, 이것 또한 해인이 네가 만든 장난 중 하나이려나. 생각하다가 이내 고개를 가로저었다. 해인이 그럴 리가 없었다. 이미 죽은 해인이 자신의 죽음 이후의 장난을 공모할 누군가가 없다면 절대로 불가능한 일이었으니까.

분노를 가라앉히며 집으로 돌아왔다. 빗줄기가 점점 얇아지고 있었다. 며칠을 내리던 비도 곧 그치려는 모양이었다. 내일이면 다시 출근해야 하니 조금씩 내일을 준비해야지. 우현은 끼니를 챙기고 내일 해야 할 일과 만나야 할 사람을 정리하며 하루를 마무리했다. 그리곤 침대에 누워 습관처럼 핸드폰을 꺼내 들었다. 시계는 밤 열한 시를 알리고 있었고 그 위로는 날짜가 적혀 있었다. 30일이었고, 내일이면 어느덧 이달의 마지막 날이었다. 그리고 문득 우현의 머리를 스치는 숫자 하나.

31.

*

　분주하게 움직여서 회사를 가기에도 바빴지만 딱 한 번만 더 속아보자는 심정으로 집을 나섰다. 어제와 그저께의 노력은 모두 헛수고로 돌아갔지만, 31이라는 숫자를 충족할 수 있는 것은 31일인 오늘이 처음이자 마지막일 것 같았기 때문이었다.

　아직 새벽이라고 불러도 좋을 이른 아침이었다. 비는 금방이라도 그칠 듯 희미했지만 여전히 내리고 있기는 했다. 비에 젖어도 좋을 옷을 챙겨 입고 보온병과 우산을 챙겨서 나왔다.

　아침의 공원 초입에 서서 우현은 한숨을 내쉬었다. 알 수 없는 두려움과 불안에 휩싸이고 있었다. 시간이 시간인지라 아직 가로등은 밝혀져 있었고 공원의 저 안쪽에서는 음산한 기운마저도 풍겨 오는 것 같았다. 자신도 모르게 외투 주머니 속에 있는 손에 힘을 꼭 주었다. 혹시라도 일어날지 모를 돌발 상황이 생긴다면 어떻게 해야 할지 생각해보기도 하였다. 우현은 그렇게 한 걸음

씩 공원 안쪽으로 걸음을 옮겼다.

어쩌면 당연한 이야기였겠지만 우현이 공원 안쪽으로 발을 내딛자마자 무슨 일이 일어난다든가 누군가가 나타난다든가 하는 드라마틱한 일은 일어나지 않았다. 우현은 조금은 긴장이 풀린 상태로 계속해서 공원의 안쪽을 향해 걸어 들어갔다.

날이 조금씩 밝아오고 긴장은 풀리면서 안 보이던 것들이 보이기 시작했다. 어느 벤치를 볼 땐 오래전에 그곳에 해인과 둘이 앉아 도시락을 먹었던 때가 떠올랐다. 또 정자 아래에서는 어느 밤에 두 사람이 크게 다퉜던 날도 있었다. 손을 잡을까 말까 고민했던 연애 초반의 산책로도 여전했다. 길의 모양도 나무의 생김새도 다 그대로인데 변한 건 우현과 해인인 것만 같아 서글퍼지기도 했다.

그래도 가장 길고 깊게 남은 기억은 뭐니 뭐니 해도 비 오던 그날의 기억이었다. 보고 싶은 마음을 꾹꾹 참기만 하다가 서로를 향해 달렸던 그날의 떨림은 아주 미세하게나마 남아 여전히 우현의 가슴 한쪽에 자리를 잡고 있는 듯했다. 둘은 공원 중앙의 호수 난간에서 만나 오랫동안 서로를 껴안았다. 요란한 바람이 오른쪽 왼쪽으로 불어 우산을 뒤흔들고 두 사람의 머리와 옷을 젖게 만들었지만, 둘은 아랑곳하지 않고 계속 하나의 그림자를 만들었다. 그리곤 두 번이고 세 번이고 입을 맞췄다.

"오랫동안 보고 싶었어."

"나도. 만나면 이렇게 좋은데. 뭐 하러 날씨 탓을 했는지 모르겠어."

해인과 우현은 호수 바로 옆에 있는 정자로 비를 피하러 들어갔다. 바람이 많이 불어서 젖어 있는 바닥의 위를 우현이 외투를 벗어 덮었고, 그 좁은 너비에 두 사람은 포개어지듯 나란히 앉았다. 그리곤 우현이 만들어 온 커피를 마치 대단한 것이라도 대하듯 소중하게 나눠 마셨다.

이후로는 정말로 두 사람은 날씨 따위는 아랑곳하지

않고 만나곤 했다. 비는 물론이며 폭설이 내리는 날에도 두 사람은 함께할 수 있는 곳을 기어코 찾아 그곳에서 오래 머물렀다. 그리고는 오래전의 그날, 비 오는 날 호수공원에서의 순간을 회상하며 작게 웃었다.

　그 시절을 떠올리며 걷다 보니 어느덧 저 앞으로 호수의 수면이 보이기 시작했다. 도시에 있는 것 치곤 꽤 커다란 호수였다. 이렇게 호숫가에 다다라 호수를 반 바퀴쯤 돌다 보면, 두 사람이 부딪혀 껴안았던 그곳이 있었다.

　비는 거의 그쳐가지만, 지독할 정도로 안개가 자욱한 날이었다. 5m 앞조차도 보이지 않을 정도로 시야가 흐렸다. 혹시라도 미끄러지지 않게 발에 힘을 주면서 걸었다. 이 시간에 이런 곳에서 미끄러져 호수에 빠지기라도 하면 구해줄 사람은 아무도 없을 것 같았다. 그러다 잘못되기라도 하면 자신을 골탕 먹이려는 누군가가 원하는 그대로일 텐데, 두고만 볼 수는 없다는 생각도 있었다.

얼마나 신중히 걸었을까. 여기쯤이었던가 싶어 주변을 둘러보았다. 안개가 자욱해서 자신이 지나온 길이 얼마나 되었는지, 앞으로 얼마나 더 가야 하는지도 제대로 보이지 않았다. 이대로 돌아가야 하는 걸까. 핸드폰을 열어 시간을 보았다. 그래도 삼십 분 안에는 이 공원을 떠나야 회사에 지각할 것 같지 않았다. 마음이 조급해지기 시작했다.

그때 저 앞에서 작은 그림자 하나가 보이기 시작했다. 키가 큰지 작은지는 알 수 없었지만 가로로는 좁고 세로로는 길쭉한 것이 사람의 형상인 것 같기는 했다. 심장이 빠르게 뛰었다. 자신을 이곳으로 불러낸 것이 저 사람일까? 맞다면 나는 어떻게 해야 하는 걸까. 우현은 조금 더 그쪽으로 걸어가 어느 정도 거리를 두고 그쪽을 향해 소리쳐 말했다.

"저기요."

그림자는 미동도 없었다. 우현은 조금 더 힘이 들어간 목소리로 말했다.

"저기요?"

그림자는 그제야, 아주 천천히 몸을 돌려 우현이 있는 곳을 향했다. 거리를 두고 대치한 그림자와 우현은 그렇게 얼마 동안 아무 말도 없이 서 있기만 했다. 그리고 우현이 떨리는 목소리로 그림자를 향해 말했다. 안개 때문이었을까 아니면 궂은 날의 공기 때문이었을까. 그의 목소리는 울먹이는 듯했다.

"진짜 너야? 해인아?"

## · 2장 ·

_____

# 우리에게 다시 허락된 시간



움찔, 하고. 그림자가 움직였다.

무슨 움직임인가. 사람은 맞는 걸까. 우현은 조금 경
직된 채로 그 그림자를 계속해서 응시했다. 혹시라도 저
그림자가 나를 향한 나쁜 마음을 품고 거기에 있었던 거
라면, 뭔가 위험한 것이라도 쥐고 있는 거라면, 언제라
도 도망치거나 맞서 싸워야겠다고 생각하고 있었다.

때마침 안개가 조금 걷히면서 우현은 조금 전의 그
작은 움직임의 정체를 뒤늦게나마 유추해 낼 수 있었다.
그것은 그에게 등을 보인 채로 서 있던 누군가가 그를

향해 돌아서는 움직임이었다. 그리고 어렴풋이 형태를 드러내기 시작한 그 그림자의 주인은 믿을 수 없었지만 해인의 모습을 하고 있었다.

"너라고? 해인이 너라고?"

그림자는 대답이 없다. 다만 우두커니 서 있는 우현을 빤히 응시하다가 아주 천천히 그가 서 있는 쪽으로 걸어오기 시작하는 거였다.

내가 드디어 미쳐버렸나 보다. 우현은 그렇게 생각하며 입술을 파르르 떨기 시작했다. 암만. 이 상황은 꿈이라기엔 너무도 현실적이었고 현실 세계에서 해인은 육체적으로 죽음을 맞은 지 오래였다. 그녀의 죽음을 유일하게 목격한 사람이 바로 우현 본인이었기에, 그 죽음은 그 무엇보다도 슬프고 분명한 사실이었다.

그렇게 직접 떠나보낸 그녀가, 몇 날 며칠을 울게 만든 그녀가, 다시금 살아 있을 때의 모습 그대로 나의 앞에 서 있다. 우현은 두 눈으로 그 광경을 눈으로 보고 있으면서도 그를 믿지 못해 가만히 멀뚱멀뚱 서 있기만 했다. 어디선가 듣기로 귀신을 보거나 아주 거대한 자연현상을 마주하거나 충격적일 정도로 새로운 무언가를 목격한 사람은 몸이 뻣뻣하게 굳어버려서 도망치지도 반응하지도 못한다던데. 그게 사실은 사실인가 보다. 그런 생각만 간헐적으로 스칠 뿐이었다.

그림자가 고작 몇 걸음 앞까지 가까워졌고 그 거리로 인해 안개는 무의미해져 있었다. 해인의 모습을 한 그것이 작게 미소 지었다. 그 미소 역시 우현이 사랑해 마지 않았던 그 미소. 그토록 다시 보고 싶어 했었던 그 미소였다.

"맞아."

"응?"

"나 맞다고. 우현아. 안 오는 줄 알았는데. 와줘서 다행이다. 안 엇갈려서 다행이다."

그 목소리를 들은 순간, 우현은 조금 전까지 부여잡

고 있었던 막연한 불안과 긴장 같은 것을 더는 쥐고 있을 수 없다는 것을 깨달았다. 그건 믿을 순 없었지만 분명히 해인이었다. 도무지 땅에서 떨어지지 않던 발이 비로소 떼어지는 것을 깨닫자마자 해인을 향해 달려갔다. 그리곤 해인을 왈칵 껴안아 버렸다. 해인이 만져진다는 게. 품 안에 느껴진다는 게 꿈 같았다. 만약 저 사람이 손에 위험한 물건을 품고 있으면 어쩌지, 라고 걱정했었지만. 뭐 어때. 해인의 모습을 한 사람이 그러는 거라면 몇 번이고 기꺼이 찔릴 수 있다고 생각했다.

무슨 말을 해야 하는데. 분명 말해야 하는데 정체를 알 수 없는 이상한 소리만 터져 나왔다. 이렇게나 꼴사납게 울었던 게 언제였는지. 그것도 밖에서. 다 큰 어른이. 하지만 그건 아무리 부끄러운 일이라는 걸 알아도 멈출 수 있는 일이 아니었다.

해인의 형상을 한 무언가가, 아니, 해인이, 그런 우현을 껴안은 채로 그의 어깨와 허리를 느리고 약하게 토닥여주었다. 괜히 멋쩍어진 우현이 그녀에게서 슬쩍 떨어져 그녀의 얼굴을 보고는 이렇게 말했다.

"넌 울지도 않냐. 나만 이렇게 울어?"

"우리 아가가 이렇게 우는데 아무리 슬퍼도 일단은 달래줘야지."

"아픈 건, 아픈 건 어때?"

"하나도 안 아파. 나 이제 정말 안 아파."

그러면 다행이라고, 네가 안 아픈 걸 봐서 정말 좋다고, 우현이 다시금 소리 지르듯 말하며 해인의 품에 파고들었다. 저 멀리에서 공원을 관리하는 사람으로 보이는 사람이 손전등을 든 채로 그를 잠깐 보는 것 같았지만, 그리고 뭔가 의아하다는 듯 고개를 갸우뚱거렸지만, 이내 다시 몸을 돌려 다른 쪽으로 향하는 것이 보였다.

"짜증 나 정말."

"이제 말도 잘하네. 울 거 다 울었어?"

"별로 울지도 않았거든."

"그럼 좀 걸을까? 그 커피는 나 안 줄 거야?"

알겠어. 줄게. 우현은 마지막으로 코를 크게 훌쩍이며 해인과 나란히 섰다. 그리곤 그녀를 껴안느라 내팽개쳐져놓았던 우산을 도로 주워 펼쳤다. 해인이 우산의 안쪽으로 쏙 들어와 우현의 팔에 팔짱을 꼈다. 꽤 오랫동안 서로를 껴안고 있었던 건지 두 사람의 몸이 조금 많이 젖어 있었다.

하지만 그건 두 사람에게 아무 상관없는 일이었다.

\*

우현과 해인은 아침이 오기 직전의 공원을 걸었다. 각자가 하고 싶은 말이 많았다. 하지만 하고 싶은 말이 많을수록 오히려 질문과 진심들은 정리되지 않은 채로 뒤얽혀 두 사람을 횡설수설하게 만들었다.

진정하자. 진정해. 우현은 스스로를 다독이며 천천히 입을 열었다.

"잘 지냈어? 어떻게 지냈어?"

"나야 뭐, 잘 지냈지. 처음에는 살던 곳과는 많이 다른 곳으로 떨어져서 적응이 좀 힘들었는데, 이제는 그런 대로 지낼 만해. 우현이 넌 어때? 잘 지냈어?"

"나도 뭐……. 잘 지냈지."

우현은 과연 잘 지낸다는 것은 어떻게 지낸다는 것인지 생각했다. 적당히 밥도 챙겨 먹고 적당히 사람도 만나면서 적당히 웃으면서 지내는 것을 잘 지내는 것이라고 한다면, 내가 마지막으로 활짝 웃었던 게 언제였는가, 생각했다. 그게 언제였는지가 도무지 생각나지 않았다. 그만큼이나 시간은 빨랐고 또 그동안에는 뭐가 없었다. 해인이 혀를 차며 말했다.

"거짓말하지 마. 너 왜 그렇게 울고 그래. 속상하게."

"전에도 나를 봤어? 너 거기 있다고 말 좀 해주지 그랬어."

"그땐 이렇게 만날 수 있는 상황은 아니었어. 그냥 드문드문 내가 너를 보기만 했지. 뭐랄까. 잠수함 같은 곳에 탄 채로 창문 바깥을 헤엄치는 너를 보는 느낌이었달까? 그래서 볼 수는 있지만 만지거나 말을 걸 수는 없는?"

"그랬구나."

그칠 듯 말 듯했던 비가 결국은 그쳐 있었다. 하지만 우현은 우산을 접으려 하지 않았고 해인도 계속 비를 피

해야 한다는 듯 우현의 팔에 꼭 붙은 채로 걸었다. 해인이 우현의 팔을 살짝 꼬집었다.

"네가 우는 것도 다 봤어. 밥도 제대로 안 먹는 것도. 마음이 진짜 무너지더라."

"미안해. 하지만 어쩔 수 없었는데⋯⋯."

해인은 잔뜩 찡그렸던 눈썹을 풀면서 돌연 씩 웃었다.

"그래도 그건 기분 좋았어. 아직 나 말고 다른 사람은 싫다고 말해줬던 거? 욕심인 줄은 알지만 그래도 앞으로도 오랫동안 그래줬으면 좋겠다고 생각 드는 거 있지."

"부끄럽네."

"뭘 부끄러워. 우리가 얼마나 오래됐는데."

"그냥 부끄러워. 오랜만에 만나서 그런 건가."

"하긴, 우리 정말 오랜만에 만나긴 한다. 얼굴이 좀

변했나?”

"불공평해.”

"뭐가?”

"너만 나 보고. 나는 너 못 보고.”

그건 어쩔 수 없었어. 해인이 자신도 답답했다고 말하
며 우현의 얼굴을 바라봤다. 갑자기 뭘 그렇게 빤히 봐?

"이렇게 잘생긴 사람을 보고 잘생겼다고 말해줘야 하
는데, 말하는 방법을 알아야 말이지.”

갑자기 무슨 말을 하는 거야. 우현이 조금 더 쑥스러
워진 얼굴로 발걸음을 재촉해 해인보다 조금 앞서 걸었
다. 바닥에 보이는 작은 돌멩이들을 발로 차서 날려버리
기도 했다. 그러다 문득 무언가가 생각났는지 얼른 뒤로
돌아서서 해인을 빤히 보며 물었다.

"그런데 그건 진짜 궁금하네? 우리가 어떻게 만난 거

지?"

아. 그래그래 맞아. 해인도 그제야 두 손을 맞부딪혀 소리를 내며 고개를 끄덕였다. 그리곤 뭐부터 말하지, 뭐부터 말해야 할까? 잠깐 눈을 감고 생각을 정리하고는 어렵게 말을 꺼내기 시작했다.

해인 역시 자세히는 알 수 없었지만 누군가로부터 우현이 너를 만날 수 있다는 설명을 들었다고 했다. 우현은 그게 누구냐고 물었고 해인은 여전히 그게 누구인지는 알지 못한다고 대답했다.

"아무튼 천천히 얘기해볼게. 잘 들어봐."

처음에는 네가 보이기 시작했어. 한 이만한 동그라미 형태를 통해서. 해인은 그렇게 말하며 자기 어깨 너비 정도의 동그라미를 허공에 손으로 그려보았다. 그리곤 아까 말했듯이 무슨 잠수함 창문에서 바깥에 있는 심해를 보는 것처럼 조금은 먹먹한 시야를 통해 우현을 볼 수 있었다고 말했다.

그 창문 같은 광경 안에서 우현은 멍하니 누워 있기도 했고 차려놓은 밥상을 멍하니 내려다 보고 있기도 했었다. 해인은 그때마다 마치 좋아하는 스포츠 팀을 응원이라도 하듯이, 좀 웃어봐, 그래도 한 입이라도 더 먹어봐, 혼잣말을 했지만 그 둥그런 창 바깥의 우현은 그것이 들리지 않는 모양이라고 생각했다.

하루는 우현이 이사 준비를 하는 모습을 봤다고 했다. 우현은 그 어떤 소란도 없는 조용한 집을 청소하기 시작했다. 중요하다고 생각되는 물건들을 담을 박스를 마련하고 온갖 가구의 문을 다 열고 닫기를 반복했다. 그러다가 책상 서랍을 정리하기 시작하는데 그렇게 분주하게 움직이던 우현이 몇 번씩 멈추기 시작했음을 눈치챈 순간, 해인은 우현이 언젠가의 추억에 빠져들었다는 것을 깨달을 수 있었다. 그리고 아마도 그 추억은 우현과 해인 본인이 함께하는 추억이었을 것이라고도.

해인이 우현을 생각하며 해두었던 여러 메모들을 볼 때는 조금 많이 창피해지기도 했었다. 그것은 정말로 우현에게 보여주기 위해서가 아니라 우현을 조금이라도 더 잘 기억하기 위해서 해둔 그녀 혼자만의 메모였기 때문이다.

안 돼. 더 읽지 마. 부끄럽단 말이야. 해인이 발을 동동 구르고 있는데, 문득 우현의 어깨가 들썩이기 시작했다. 그리곤 그의 목소리가 들려왔던 것이다. '보고 싶어.'라는.

오랜만에 듣는 그의 목소리였다. 해인이 떠나가고 나서는 좀처럼 목소리를 들을 수 없었는데 그렇게라도 들을 수 있어서 기뻤다. 더군다나 그 보고 싶다는 말은 그녀를 향한 말이었으니까. 그게 좀 많이 슬프기도 하지만 기쁘기도 했다.

그리고 다시 몇 번이고 반복되는 우현의 보고 싶다는 말. 해인은 그 반복되는 진심들로 덩달아 눈시울이 붉어져서 뒤따라 혼잣말로 그의 말에 대답하기 시작했다. 보고 싶어. 나도 보고 싶어. 나도.

마지막의 '나도'는 괴성에 가깝도록 컸다. 그리고 그

순간, 자신이 뱉은 '나도'라는 말이 노란색 종이에 적혀서 펄럭펄럭 그의 머리를 향해 떨어지는 것을 보았다. 그것은 방의 어느 구석에 있는 CCTV처럼 다소 위에서 그를 내려다 보고 있었던 해인의 시야에서부터 만들어져서 펄럭거리기 시작했으므로 그 전말을 자세히 알지 못하더라도 자신으로부터 출발한 일종의 메시지라는 걸 해인은 본능적으로 알 수 있었다.

닿는다. 닿는구나!

해인은 그렇게라도 저 건너편의 우현에게 닿을 수 있다는 사실에 소름이 돋을 정도로 놀라는 동시에 거대한 기쁨을 느꼈다. 또 어떡하지, 또 무슨 말을 하면 좋을까. 밥 먹으라는 말? 웃어달라는 말? 하지만 목이 벌써 쉬어버린 건지 아니면 몸살 기운이 들어찬 건지 더는 조금 전과 같이 큰 소리로 무언가를 발음할 수가 없게 되어 다음을 기약해야만 했다.

그렇게 다시 며칠이 흘렀을 때였다. 사실은 달력도 없고 전자기기 같은 것도 없으니 시간이 어떻게 흐르는

지를 정확히 알 수는 없었지만 내려다보이는 우현이 친구들로부터 전화를 받고 축하해줘서 고맙다는 말을 하는 것들 듣고는 해인 역시 그날이 우현의 생일임을 알 수 있었다.

어떡하지, 축하한다는 말은 꼭 해주고 싶은데. 어떻게 하면 우현이에게 축하한다는 말을 전할 수 있을까. 저번처럼 나풀거리는 종이로만 마음을 전할 수 있다면, 바람이 많이 부는 바깥에서는 그 마음을 보낸다고 해도 우현이 못 볼 수도 있을 것 같았다. 그렇다면 어디가 좋을까. 우현이 그냥 지나치지는 않을 만한 곳이.

그렇게 골똘히 생각하다가 해인의 머릿속에 떠오른 공간이 바로 우편함이었다. 해인은 우현이 빨래방에 가기 위해 위해 집을 나설 때를 잘 골라 우현이 아닌 우현 옆의 우편함을 향해 생일 축하한다는 마음을, 그 외침과도 같은 마음을 강하게 내질렀다. 그러니 그 마음은 또다시 어떤 종이의 형태가 되어 위태롭게 나풀나풀 떨어지다가 마치 누가 마법이라도 부린 것처럼 우편함 안에 쏙 들어가는 것이었다.

"와, 드디어 됐다. 우현이가 조금이라도 더 기분 좋아졌으면 좋겠는데."

해인이 그렇게 혼자 기뻐하고 있을 때 문득 해인이 선 곳의 위쪽으로부터 어떤 목소리가 들려왔다. 그곳에서 다른 사람의 목소리가 들려온 건 처음이었으므로 해인은 팔짝 뛸 정도로 놀랄 수밖에는 없었다.

"아이고. 이런. 기어코 눈치를 채 버렸네."

해인이 놀라서 사방을 두리번거렸다. 그러니 다시금 목소리가 들려왔다.

"그래. 너 말이야. 저 건너편이랑 소통하는 방법을 알아버린 너."

"그러면 안 되는 거예요?"

"보통은 안 되지. 그래서 내가 곤란하게 됐고."

"더 알려지면 곤란해지는 거예요?"

"그건 당연한 거고."

"그럼 사람들이 눈치채면 안 되는 걸 내가 알아버렸다는 건데⋯⋯."

해인은 눈을 빛내며 잠깐 무언가를 생각했다. 얼굴도 정체도 알 수 없는 머리 위의 누군가를 실제로 볼 수는 없지만 어쩐지 곤란해하고 있는 것 같았다.

"그러면 이렇게 말고 실제로 우현이를 만날 수 있게 해주세요. 그러면 어디에도 소문 내지 않을게요."

"만날 수 있게 해달라고? 싫다면?"

"그럼 뭐⋯⋯. 어쩔 수 없이 다른 사람들에게도 저쪽 세계랑 소통할 수 있는 방법을 알려줘야죠."

지금 네가 누구랑 이야기를 하고 있는 건지 알기는

하느냐고 목소리가 말했고, 해인은 누구신지는 몰라도 나 때문에 난처해하고 있는 것 정도는 알 것 같다고 대답했다. 목소리는 한동안 대답이 없더니 깊은 한숨을 쉬며 말했다.

"별수 없구나. 알겠어."

목소리는 그때부터 해인에게 우현을 만나러 갈 수 있는 방법을 알려주기 시작했다. 뭐가 어떤 원리로 돌아가기에 해인과 우현이 다시 만날 수 있는 건지 그런 자세한 것은 묻지 말라는 말부터 했다. 말해줘봤자 이해할 수 없을 거라는 말과 함께였다.

두 달에 한 번씩. 31일에만 열리는 통로가 있다고 했다. 30일도 아니고 31일에만 열리는 통로가. 그 통로로는 죽은 자가 산 자의 세상으로 건너갈 수 있는데 아주 오래전부터 그 통로의 정체를 아는 사람은 극히 드물었다고. 생전에 덕을 많이 쌓은 사람들이 주로 그 통로의 정체를 알았는데 너처럼 협박식으로 그것을 알게 된 사람은 역사를 통틀어서도 없었다는 말을 들을 때는 해인은 웃음이 터지는 걸 참을 수 없었다. 목소리의 주인이 얼마나 굉장한 신적인 존재였든 상관없이 웃긴 건 웃긴 거였다. 다행히 목소리의 주인도 헛웃음에 가까운 웃음소리를 내고 있었다.

"대신 그냥은 못 보내주지."

"왜요?"

"말했잖아. 네가 잘한 일이 있기를 하니. 아니면 덕을 쌓기를 했니. 그러니까 형평성을 생각하면 쉽게 만나게 해주면 안 되지."

그러면 어떻게 해야 하는데요, 라고 해인이 물으니 목소리는 곧바로 조건을 이야기하기 시작했다. 조건은 간단했다. 해인이 직접 만나러 가서는 안 되고 우현이 해인이 있는 곳으로 와야 한다는 것. 그리고 만날 장소를 우현에게 직접적으로 알려줄 수는 없다는 것. 몇 개의 단어로 우현이 약속 장소를 유추해야 하고 그 단어 역시 온전한 단어가 아닌 자음만을 사용한 단어로 하는 것이 좋겠다는 것.

   그 정도면 거의 만나지 말라는 거잖아요, 해인이 울상이 되어 말했지만 목소리의 뜻은 완강했다. 그럴 수 없다면 나도 네 부탁을 들어줄 수 없다고.

   그렇게 해서 몇 개의 키워드를 우현에게 던져준 것이었다. 31이라는 숫자와 비 오는 날, 커피, 호수공원이라는 낱말의 자음들을. 해인은 제발 우현이 그 키워드들을 통해 눈치를 채주기를 기도했다. 그 기도의 대상이 누구인지도 이젠 알 수 없었지만 그래도 누군가가 듣고 있다면 꼭 좀 나를 도와주시라고.

   운명의 31일이 다가왔다. 해인은 묘한 느낌을 풍기는 아주 좁고 어두운 동굴을 거쳐 건너편 세계의 호수공원에 닿을 수 있었고 그곳에서 우현을 기다리고 있었던 것이다. 제발, 제발 와달라고. 다른 사람도 아니고 우현이 너라면 와줄 것을 안다고.

\*

"그렇게 다시 만난 거구나. 해인이가 엄청 애썼네?"

우현이 그녀의 머리를 쓰다듬으며 말했더니 해인은 짐짓 혀 짧은 소리로 힘들었다는 말을 몇 번이고 반복했다.

"정말 신기하다. 듣고 나서도 안 믿겨."

"그렇지? 나도 내가 어떻게 여기까지 왔는지 아직도 잘 모르겠다니까."

갑자기 강한 바람이 불어왔다. 비가 그친 뒤에도 두 사람이 모른 척 쓰고 있던 우산이 그 바람에 홀라당 뒤집혀버렸고 두 사람은 웃음을 터뜨렸다.

"바람이 갑자기 이렇게."

"그러게. 원래 세상이라는 곳이 알 수 없는 일로 가득

한 곳이잖아.”

　하긴, 애초에 무언가를 조금 이해하고 있다고 해서 그것의 본질까지 모두 다 안다고 착각하는 게 더 이상한 일이겠지. 비가 오는 이유도 갑자기 강한 바람이 부는 이유도 완벽하게는 설명할 수 없는 것처럼 말이야. 두 사람은 그렇게 말하며 잠자코 우산을 접어두고 다만 손을 맞잡은 채로 계속 나란히 걷기 시작했다.

　“이렇게 걸으니까 옛날 생각 많이 나네.”

　“그러게. 마지막에는 나 아파서 제대로 걷지도 못했는데.”

　우현은 문득, 조금은 짓궂고 어려운 방식이긴 했지만 이렇게라도 해인을 다시 만나게 해준 그 존재에게 고마운 마음이 생기기 시작했다. 이토록 따뜻한 온기를 내뿜는 해인이, 안을 수도 있고 입 맞출 수도 있는 해인이 다시 내 앞에 서 있을 수 있게 해준 존재인데 고맙고말고.

"그게 누군지는 모르겠지만 아무튼 정말 고마운 존재야."

"그러게. 나 다시 만나면 하고 싶은 말 있었어? 아니면 하고 싶은 건?"

"그냥, 그냥……. 이렇게 같이 있기만 해도 좋아. 그리고……."

"그리고?"

"아프다는 걸 알고 나서야 그럴 게 아니라 처음부터 좀 잘해줄걸. 더 많이 사랑한다고 해줄걸. 더 다정한 사람이 되어줄걸 그랬다고. 그 말을 계속 하고 싶었어. 그러지 못해서 미안했다고. 그런 나라도 사랑해 주고 내 옆에 있어 줘서 고맙다고도. 그게 너무 후회된다."

우현이 그렇게 다시금 수도꼭지라도 틀어둔 것처럼 눈물을 흘리기 시작하자 해인은 다시금 어린아이를 달래듯 그를 안아주었다. 충분해. 혼자 그 말 똑같이 하는 거 수십 수백 번도 더 들었어. 인제 그만 미안해하자 우현아. 네가 그렇게 말하면 내가 더 울게 되잖아, 라는 말이 목 끝까지 차올랐지만 그 말까지 하면 너무도 꼴사나울 것 같아 가까스로 참아야 했다.

날이 완전히 개어 있었다. 해가 뜨고 세상이 밝아져 있었다.

우현은 공원의 벤치로 다가가 젖어있는 벤치를 소매로 아무렇게나 털어낸 뒤에 해인을 그곳에 앉혔다. 그리곤 자기도 그녀의 옆에 앉고는 보온병을 열어 해인에게 아직 따뜻한 커피를 따라 주었다. 해인은 그것을 마치 보물이라도 되는 것처럼 두 손으로 소중히 받고는 아주 각별하게 마시기 시작했다. 우현은 그녀의 그런 모습이 또 귀엽고도 애틋하다고 생각했다.

"거긴 커피 같은 거 없어?"

"글쎄, 뭘 먹거나 마셔야만 한다는 생각이 자연스레 안 들더라. 그래도 이건 마시고 싶었지. 너랑 자주 먹었던 음식들 같은 것도 다."

"많이 준비해 왔으니까 얼마든지 더 마셔."

해인이 알겠다고 고개를 끄덕이고 둘 사이에 잠깐 적막이 흘렀다. 지난 몇 계절 동안 우현에게 적막은 몹시 익숙해져 있는 것이었지만 그 적막은 이전의 다른 적막들과는 다른 적막이었다.

편안함. 내가 여기에 있고 내 옆에는 당신이 있으니 그것만으로 완전해졌다는 마음에서 우러나는 편안하고도 행복한 적막이었다. 아마 해인이 너도 나와 비슷한 걸 느끼고 있겠지. 우현은 그렇게 생각하며 잠시 눈을 감고 지금의 행복을 만끽했다.

비가 완벽하게 그친 뒤였지만 며칠째 내린 비 때문인지 세상 사람들은 산책하는 방법을 잊은 것 같았다. 비옷을 입고 강아지를 산책시키는 부지런한 사람 한 명을 제외하곤 그 누구도 공원을 찾지 않았다.

"춥진 않고?"

"응. 난 괜찮……. 아니, 우현아. 네가 추워 보이는데? 입술이 파래."

우현은 그제야 자기가 꽤 오랫동안 바깥에 나와 있었다는 걸 깨달았다. 그 알 수 없는 키워드의 정체를 밝히려 잠깐 그곳을 찾은 거였는데 그곳에서 해인과의 뜻밖의 재회를 하게 됐고, 비를 맞고 새벽 공기를 쐰 것이 고스란히 컨디션에 직결된 모양이었다.

"어, 그렇네. 어디 좀 들어가야겠네. 어디 갈까? 언제까지 같이 있을 수 있어? 지금 떠나는 건 아니지?"

우현이 애원하듯 해인에게 물었다. 해인은 살짝 웃으며 다행히 날짜가 바뀌기 전까지는 괜찮다고 말했다. 그리곤 말을 이어갔다.

"아무 데나 다 좋긴 한데. 나 네가 이사 간 집 한번 가보고 싶어."

그랬구나. 해인이는 새로 이사한 곳에는 와본 적이 없
었겠구나. 물론 저 위에서 나를 보고 있기는 했겠지만. 우
현은 그렇게 생각하며 그녀를 주차해 둔 차로 이끌었다.
그리곤 그녀를 차에 태우고 안전벨트를 채워주며 다시
한번 말했다.

"날짜 바뀌기 전까진 절대 어디 가면 안 돼."

알겠다니까 그러네. 해인이 핀잔을 주듯 대답하니 그
제야 우현은 바들바들 떨리는 입술로 웃기 시작했다.

두 사람은 집으로 들어와, 현관에서부터 오랫동안 나
누지 못했던 사랑과 그리움을 나누기 시작했다. 서로를
안아주는 일, 입술을 맞추는 일을 잠시라도 쉬고 싶지
않았다. 네가 여기에 있다. 그토록 보고 싶어 했었던 네
가 정말로 내 앞에 있다. 그 사실이 두려울 정도로 기뻐
서 다른 생각은 아무것도 할 수 없었다.

그렇게 한참 동안 사랑을 나눈 두 사람은 배가 고파
졌다는 생각에 먹을 것을 준비하기 시작했다. 해인이 네

가 알려준 레시피대로 김치볶음밥을 좀 연습해봤다고 말하며 우현이 요리를 시작했고 해인은 그의 옆에서 그가 더 맛있는 김치볶음밥을 만들 수 있도록 거들었다. 그건 그 둘이 언제까지나 계속되기를 꿈꿨었던 이상적인 부부의 모습이었다.

그렇게 밥을 차려 먹고 다시 밀린 이야기를 하고 소파에 기댄 채로 두 사람이 좋아했던 영화를 돌려보다 보니 어느덧 바깥이 어두워져 있었다.

그때부터 점점 시간이 빠르게만 흐르는 것 같아 우현의 마음속에선 자꾸만 조바심이 들끓기 시작했다. 이러면 안 되는데. 시간을 이렇게 빠르게 흘려보내선 안 되는데 어떡하지. 뭘 해야 하지. 뭘 더 해야 우리가 더 행복할 수 있을까.

그때 우현의 어깨에 말없이 기대어 있던 해인이 우현의 가슴을 토닥이기 시작했다.

"초조해할 필요 없어. 다음 31일에 또 볼 수 있을 거야."

"정말?"

"그럼. 또 둘만의 괴상한 퀴즈쇼를 해야 하겠지만 그것만 이겨내면 다시 만날 수 있어. 다음도 있어. 그러니까 그냥 우리 이렇게 있고 싶은 대로 있자."

우현은 그제야 초조한 마음을 바로잡고 마찬가지로 해인의 머리 위에 턱을 괴고 온전히 행복만을 만끽할 수 있었다.

그리고 밤 열한 시를 넘기고 분침이 한 바퀴를 돌아 숫자 '12'에 닿는 순간, 그 어떤 소리도 흔적도 없이 눈앞에서 사라져 버리는 해인을 보며 우현은 자신에게 오늘 일어난 일이 그 어떤 망상도 속임수도 아니었다는 걸 깨달으며 몸에서 소름을 돋아냈다. 그리곤 조금 전까지 그녀가 앉아서 숨 쉬고 있었던 빈자리를 향해 나지막이 말했다.

"두 달 뒤에 다시 만나. 그때도 내가 꼭 너를 찾아갈게."

다음 날에는 아침부터 회사에 전화를 걸고는 몇 번이고 고개를 굽실거려야 했다. 무단결근은 절대 용서할 수 없다는 상사에게 갑자기 몸살이 너무 심하게 나서 연락할 겨를도 없었다고 거짓말을 둘러대야 했다. 상사는 다음부터 또 이런 일이 생기면 아무리 네가 일을 잘한다고 하더라도 그냥 넘어가지 않겠다고 엄포를 놓았고 우현은 다시는 이런 일 없을 거라고 한 번 더 고개를 숙여야 했다.

　몇 번이고 욕을 먹고 몇 번이고 머리를 조아리고 또 몇 번이고 거짓말을 하느라 정신이 너덜너덜해져 있었지만 그래도 행복한 것은 어쩔 수 없었다. 우현은 사랑을 잃지 않은 사람, 두 달에 한 번이라도 사랑하는 사람을 만날 수 있는 사람이었다.

*

우현은 두 달이라는 시간이 얼른 가기를, 다음 달 31
일이 오기를 그 어느 때보다도 기다렸다. 마침 그달의
31일은 평일이었으므로 저번과 같은 사태를 피하기 위
해 부지런히 휴가 신청까지 넣어두었다.

회사 사람들은 도대체 무슨 바람이 불어서 쓰지도 않
던 휴가를 쓰냐고 물었는데 무려 해인이가 돌아왔다고,
그 아이를 다시 만날 수 있다고 말하는 순간 아무래도
자신을 정상으로 생각할 것 같지는 않아, 대학교 친구들
을 만나 여행을 다녀온다고 대충 둘러댔다. 동료와 선후
배들은 '그래 그렇게 바깥 공기도 쐬고 해야 사람이 행
복해지지. 잘했다'며 고개를 끄덕여주었다. 우현은 묘한
배덕감과 미안함을 느끼며 고맙다고 대답했다. 기분이
나쁘지 않았다.

평소에도 하루에 한 번은 대충이라도 열어보긴 했었
지만 해인과 다시 만난 이후에는 평소보다도 몇 배는 자
주 우편함을 열어보게 됐다. 혹시라도 오늘 새로운 약속

의 단서가 오는 건 아닐까 하는 기대감 때문이었다.

키워드들은 일주일에 한 번꼴로 우편함에 꽂혀 있었다.

첫 주의 키워드는 ㅎㄱ, 둘째 주의 키워드는 ㅁㅎㅊ, 셋째 주의 키워드는 ㄷㅅㄹ이었다. 비 오는 날이나 커피, 호수공원도 쉬운 단서들은 아니었지만 이번에는 더 어려웠다. 우현과 해인 두 사람에 관한 키워드임을 알아도 그랬다. 애초에 우현이 그런 퀴즈에 취약하기도 했었으니까.

우현은 그다지 많지도 않은 친구들에게 마치 스팸 문자를 돌리듯 퀴즈를 내기도 했다. 그냥 심심풀이로 이 초성들이 과연 어떤 단어의 초성인지를 맞춰보라면서.

다소 장난스러운 대답도 많았지만 그래도 친구들의 대답이 도움이 되기는 되었다. 그래도 표본이 많아지기는 했다는 게 가장 커다란 효과였다. 우현은 정답으로 전달받은 단어들을 하나하나 뜯어보면서 그 세 개의 낱

말이 연관성을 띨 수 있도록 부지런히 머리를 굴렸다.

그리고 그렇게 완성해낸 키워드가 바로 한강, 만화책, 도시락이었다.

언젠가, 해인이 천 년 동안 꿈꿔왔던 로망이라면서 한강으로 가자고 졸랐던 적이 있었다. 네 나이가 이제 스물이 넘었는데 무슨 천 년의 로망이냐면서 우현은 비웃었지만 그래도 그만큼이나 간절한 소원이라고 하기에 못 이기는 척 함께 피크닉을 준비했었다.

좋아하는 만화책 몇 권을 서점에서 사고 돗자리와 예쁜 바구니를 미리미리 준비했다. 내가 이것저것 다 준비해 둘 테니 도시락만 해인이 네가 준비해달라고 말했다. 해인이는 그때부터 인생 최고의 도시락을 만들겠다며 얼른 엄마한테 가서 배워오겠다고 신나서 대답했다. 우현은 아니 그럴 필요까진 없다고 어머님 귀찮게 만들지 말라고 말하며 그녀를 말렸지만 곧 이미 한 번 신이 나버린 그녀를 말리는 건 불가능하다는 걸 기억하곤 그냥 그러라고 말하며 고개를 내저었다.

당일에는 몇 번 틱틱거리긴 했지만 그날은 우현에게도 꽤 즐거웠던 하루로 기억되고 있었다. 날씨가 좋은 것도 도시락이 의외로 맛있었던 것도 만화책이 재밌었던 것도 있었지만, 무엇보다도 해인이 평소보다도 더 크게, 더 자주 웃는 하루였기 때문이다. 해인은 만화책을 보면서도 가끔 우현에게 아양을 떨고 우현의 다리를 베고 누웠다가 배를 베고 누웠다가를 번갈아 가면서 부지런히 피크닉을 즐겼다. 우현은 그런 그녀를 겉으로는 귀찮아했지만 내심 그녀가 좋아하는 것이 이쪽에서도 마찬가지로 좋아 계속 그렇게 두었다. 시간이 신기할 정도로 빠르게 흘러가는 하루였다.

분명 이번에도 시간이 빨리 흘러갈 것을 알고는 우현은 전보다도 이른 시간에 부지런히 돗자리와 도시락, 그녀가 좋아했었던 만화책의 신간을 준비해서 공원에 나와 있었다. 아직 깜깜한 새벽이었으므로 그곳에서 피크닉을 즐기는 사람은 아무도 없었다. 간혹 길을 잃은 취객들만 비틀거리며 우현의 앞을 스쳐 갔다. 그때마다 우현은 잔뜩 경계하는 눈빛으로 그들을 응시했다. 하지만 곧 지금 이 순간 세상에서 가장 수상한 사람은 꼭두새벽

부터 돗자리를 들고나와 있는 나겠구나, 라는 생각에 그
것을 그만뒀다.

해인이 나타나지 않았다. 31일에 만날 수 있는 거라
고 해서 정각부터 나타나는 건 아닌가 보다. 돌아갈 때
는 그날 밤 열두 시에 칼같이 사라지더니 좀 야박하네.
그렇게 생각하며 시간이 빠르게 흘러가기를, 해인이 얼
른 나타나 주기를 기다렸다.

어쩌면 여기가 아닌가? 혹시 수많은 한강공원 중 이
곳이 아닌 다른 한강공원에서 나를 기다리고 있는 걸
까? 아닌데. 그때 우리가 왔던 데는 다른 데가 아니라 여
기였는데. 아니면 이 공원이 너무 넓어서 안 보이는 다
른 곳에서 나를 찾고 있는 걸까? 아닌데. 그때 우리는 분
명 이쯤에 자리를 잡았었는데. 그렇게 불안해하고 있을
무렵, 저 멀리에서 발소리가 들려왔다. 또 취객인가 싶
어 고개를 돌려 그곳을 보았더니 해인이 이쪽을 향해 빠
른 걸음으로 가까워져 오고 있었다. 해인은 그때 두 사
람이 맨 처음 한강 피크닉을 떠났을 때 입었던 옷차림을
그대로 입고 있었다. 우현이 얼른 그쪽으로 달려가 해인

을 껴안았다.

"너무 보고 싶었어."

"나도. 근데 나도 빨리 온다고 왔는데 너 왜 이렇게 일찍 왔어?"

"그냥, 너무 늦게 만나면 시간 가는 게 너무 아까울 것 같아서. 그나저나 옷 이거 뭐야? 어디서 이렇게 그때 랑 똑같은 옷들을 구해 입었어?"

"모르겠어. 그냥 그때처럼 동굴을 지나서 나왔을 뿐 인데 나도 모르는 사이에 내가 이렇게 입고 있던데?"

우현과 해인은 역시 알다가도 모를 일이라고 말하며 작게 웃었다. 일단 해가 완전히 뜨려면 멀었으니 가까운 편의점이라도 가서 시간을 보내기로 했다. 그리곤 해가 뜨자마자 그곳에서 가장 좋아 보이는 자리, 강물과 주변 풍경을 가장 조화롭게 볼 수 있는 자리를 골라 그곳에 돗자리를 펴고 누웠다.

평일 아침부터 돗자리를 펴고 피크닉을 즐기는 사람은 아무도 없었다. 하지만 둘은 그래서 오히려 좋다고 말하며 키득키득 웃을 수 있었다.

식어도 맛있게 먹을 수 있도록 넉넉하면서도 신경 써서 싸온 도시락을 나눠 먹고 각자가 좋아했던 만화책을 봤다. 해인은 이 작품 신간이 벌써 이렇게나 나왔냐고 놀랐고 우현은 자기가 그 작품을 쓴 것도 아니면서 괜히 우쭐해했다. 그때 그랬던 것처럼 해인은 우현의 곳곳을 베개로 삼았고 우현은 그것이 또 새삼스럽게 행복했다. 하지만 그때와 다른 것은 우현은 행복한 마음과 사랑하는 마음을 더는 감추는 사람이 아니라는 점이었다. 우현이 신나서 만화책을 읽는 해인에게 말했다.

"좋다."

"뭐가?"

"네가 이렇게 나를 귀찮게 하고 있는 거."

"너 내가 귀찮아?"

"아니, 이렇게 나한테 딱 달라붙어서 숨 쉬고 있는 거 말이야. 그게 좋다고."

"뭐야. 내가 너 말 예쁘게 하랬지."

해인은 그렇게 쏘아붙이며 팔꿈치로 우현을 슬쩍 때렸고 우현은 작게 괴성을 지르며 아픈 척을 했다. 그러니 꼭 몇 년 전으로 돌아간 느낌이었다.

이런 느낌이었구나. 잘은 몰랐겠지만, 그때도 이렇게 행복했었겠구나. 내가 이 사람을 이렇게 많이 사랑했었구나. 우현은 새삼스레 감탄하며 손에 들린 만화책을 계속 읽었다. 아니, 읽는 척을 했다. 사실 한참 전부터 눈물로 앞이 뿌예져서 책을 제대로 읽을 수 없었으니까.

"울지 말라니까 그러네. 나는 네 배에서 나는 소리로도 네가 어떤 기분인지 다 알 수 있거든."

우현은 역시 옛날부터 눈치 하난 빨랐다고 생각하며
얼른 소매로 눈물을 훔쳤다.

· 3장 ·

_____

# 엇갈리다




　해인은 점점 혼자서 시간을 보내는 데에 도가 트고 있었다.

　해인이 머무는 곳은 수상할 정도로 아무도 없는 곳이었는데, 실제로 어딘가 있을 것 같은 동네처럼 보이다가도 역시 이런 동네는 세상 어디에도 없을 거라고 확신하게 만들 만큼 으스스한 곳이었다.

　새 한 마리, 날벌레 한 마리도 보이지 않는 고요 그 자체인 공간이었지만 무엇보다도 거기엔 사람이 없었다. 분명 동네의 모습을 갖추고 있었고 건물도 많았지만 그곳에 터를 잡고 사는 존재는 아무도 없는 것 같았다. 음식이나 물건을 팔 법한 가게도 빌라도 아파트도 전원주택도 있있는데 사람만 없었다. 그 모든 곳은 단 한 군데도 잠겨 있지 않았기에 해인은 걷고 또 걷다가 '오늘은 여기다' 싶은 곳의 문을 제 집인 것처럼 아무렇게나 열고 들어가 그곳에서 잠을 자곤 했다.

배는 이상할 정도로 고프지 않았다. 먹고 싶은 음식도 떠오르지 않았다. 그런데 왜 우현이만 만나면 식욕이 넘쳐나고 먹고 싶은 게 계속 떠오를까. 웃기는 일이었다.

해인의 하루 일과는 단순했다. 걷거나 자거나 노래하거나 그것도 아니면 작은 창을 통해 우현을 바라볼 뿐이었다. 누구도 일하지 않고 공부하지도 않는 그녀를 나무라지 않았다. 가끔 너무 심심할 때는 아무도 없는 그 동네를 괜히 뛰어다니고 들춰보며 가상의 누군가와 숨바꼭질을 하기도 했는데, 하루는 그러던 중 저 멀리에서 정체불명의 소리를 들은 이후론 어쩐지 무서워져서 숨바꼭질은 하지 않기로 했다.

그날따라 노래가 기가 막히게 불러지는 날. 그러니까 가장 컨디션이 좋은 날에는 우현을 향해 소리를 질러 그에게 힌트를 주었다. 조금이라도 힘을 제대로 싣지 않으면 목은 목대로 아프고 종이는 날아가지 않았으므로 그어느 때보다도 심기일전해야 했다. 그렇게 소리를 질러 우현에게 힌트를 주고 나면 못해도 하루는 죽어 있어야 했다. 소리 한 번 질렀을 뿐인데 몸이 천근만근이 되는 것 같았다.

　　그렇게 기운이 넘치는 날이 올 때까지 빈둥거리다가 기운이 넘치면 우현에게 힌트를 주고. 그러다 보면 두 달이 금방 흘러가곤 했다. 두 사람이 만날 수 있는 건 오직 31일이었으니까. 그리고 기다려 마지않던 우현과 달콤한 하루를 보내고는 다시 돌아오고. 돌아오고 나서는 다시 우현과의 재회를 중심으로 움직이기 시작하고.

　　이렇게 반복되는 일상이라면 평생에 가깝게 이어져도 좋겠다고 생각했다.

　　"잘 지내냐? 특이 사항은?"

물론 흠칫흠칫 놀랄 때도 있었다. 맨 처음 이곳에 도착했을 때 목소리로만 자신에게 본인의 존재를 알린 누군가가 나타나 말을 걸 때마다 해인은 화들짝 놀라야 했다. 그도 그럴 게 그 목소리는 늘 밤과 낮을 떠나서 불쑥불쑥 그녀에게 말을 걸곤 했으니까. 그녀가 잘 있는지 아니면 잘 못 지내는지를 종종 확인하는 것이 그의 일 중 하나인 것 같았다.

"잘 못 지내요. 아니 오면 언제 오겠다고 말이라도 미리 하고 오지 왜 항상 이렇게...!"

목소리가 들려오는 방향을 향해 돌아서며 발끈 화를 내려는데 그녀는 너무도 놀라 그만 숨을 집어삼켜 버리고 말았다. 거기에 누군가가 서 있기 때문이었다.

젊은 사람이 있었다. 남자의 얼굴 같지도 않고 여자의 얼굴 같지도 않고. 정말이지 기묘하다는 말이 가장 잘 어울릴 정도로 정체를 알 수 없는 사람이 거기에 서 있었다. 입고 있는 흰색 옷도 한복인지 양복인지 모를 정체 모를 모양새를 하고 있었다.

"누구세요?"

"누구긴 누구야. 나지."

"그 목소리의 주인? 이렇게 젊은 분이신 줄 몰랐어요."

"그래? 기분 좋네. 젊어 보인다는 말 들으면 늙은 거라던데."

"몇 살이신데요?"

"네 할아버지의 할아버지의 할아버지의 증조할아버지까지는 나한테 절해야 할걸?"

"거짓말."

"조상 아무나 불러와 보든가."

"아니에요. 믿을게요. 그나저나 신기하네요. 얼굴이 남자 얼굴인지 여자 얼굴인지 모르겠어요. 뭐라고 불러

드려야 해요? 여기 관리자? 아니면 뭐 신이라고 불러야 하나? 관리자라고 불렀다가 천벌 같은 거 내리는 거 아니죠?"

너 좋을 대로 생각해. 그 존재는 가만히 서 있는 해인의 주변으로 아주 천천히 원을 그리듯 걸으며 대답했다. 누구는 나를 신으로 불렀고 누구는 저승사자로 부르기도 했고 누구는 도깨비라고 부르기도 했었지. 물론 요즘은 도깨비라고 부르는 사람들은 많이 없어졌겠네. 워낙 오래전 말이니까. 해인은 자기도 조선시대 우화 같은 데서나 도깨비 이야기를 들어보았다고 대답하며 한마디를 덧붙였다. 또래인 줄 알았는데 완전 늙으셨잖아?

"까분다. 어? 그러고 보니 너."

"네?"

그 남자인지 여자인지 모를 존재는 해인의 코앞까지 다가온 뒤에도, 그걸로도 모자랐는지 목을 앞으로 쭉 내밀어 해인을 빤히 들여다보았다. 그리고 천천히 입을 벌려 말했다.

"내가 보이기 시작한 건가?"

"약간……. 반투명하게? 흐릿하게는요?"

'그 존재'는 해인의 말을 듣더니 눈물을 흘리기 시작했다. 그건 꽤 기괴한 광경이었다. 보통은 눈물을 흘리면 감정이 격앙되어 보인다거나 애처로워 보인다거나 하는데 그 존재는 아무 표정도 없이 눈물만 줄줄 흘리기 시작했었으니까.

"저런. 슬프군."

"별로 안 슬퍼 보이는데요."

"말하는 버릇 좀 봐. 넌 내가 안 무섭냐?"

"죽을병에도 걸렸었는데. 심지어 한 번 죽기까지 했는데 무서울 게 뭐가 있어요."

관리자 혹은 신적인 존재가 그녀의 말을 듣고는 짧게 웃었다.

"하여튼 동굴로 다녔던 애들 중에는 정상인 애가 없었어."

칭찬이죠? 그래 임마. 존재는 그녀를 장난삼아 꾸짖듯 대꾸하고는, 그녀의 주변을 걷는 일을 멈추었다. 그리곤 그저 그녀의 앞에 사뭇 진지하진 표정으로 똑바로 서는 것이었다.

"그런데 어떡하나. 그것마저 닮아버려서."

"뭐가요?"

그 존재의 얼굴에 처음으로 감정이 스치는 것이 보였다. 그건 무언가를 주저하는 표정이었다. 뭔데 그러세요, 해인이 물으니 그는 어쩔 수 없다는 말투로 이렇게 대답했다.

"나를 보기 시작했다는 거. 그러니까 내가 점점 분명해지고 있다는 건 말이야. 반대로 저쪽과의 연결은 점점 약해지고 있다는 뜻이 되는 거야. 이상한 거 못 느꼈어?"

"이상한 거요?"

"소리를 지르는 게 점점 버거워진다거나."

아. 그러고 보니 그랬다. 해인은 우현에게 힌트를 던져줬던 순간들을 생각했다. 처음에는 그렇게까지 힘들지 않았는데 점점 그 일이 버겁게 다가왔던 것이다. 처음 몇 번은 아주 조금만 숨이 찰 뿐이었는데 최근에는 한 번 소리를 지를 때마다 기절할 정도로 커다란 무력감이 일순간에 온몸을 뒤덮곤 했었으니까.

"역시 기분 탓이 아니었구나? 그럼 어떻게 되는 건데요? 나중엔 더 힘들어지나?"

"좀 더 쓰지 그래?"

"뭘 더 써요. 무겁게."

그가 작게 한숨을 쉬곤 말했다.

"힘들어지는 것에서 그치는 게 아니라. 그렇게 되다가 결국엔 못 나가게 되는 거지. 못 만나게 된다고. 네 남자 친구."

"그것만은 안 돼요. 그리고 남자 친구 아니고 남편이 에요."

"아무튼 말이야. 남자 친구든 남편이든 달라지는 건 없어."

"저 못 만나게 막으면 이거 비밀 안 지킬 거예요. 아직 아무도 못 만났지만 모든 죽은 사람들한테 저 동굴의 비밀을 알릴 거예요."

신적인 존재는 측은한 표정으로 해인에게 다가와 머리를 쓰다듬었다. 분명 해인과 또래로 보이는 사람이 머리를 쓰다듬는 건데 묘하게 위로받는 느낌이 전해져 왔다.

"떼써서 되는 일이 아니야. 자꾸 억지로 건너편과 이어지려고 하면, 네 영혼 자체가 소멸될 거야. 다음 생을 보장받지 못할지도 모른다고."

"괜찮아요. 당장 사라진다고 하더라도 한 번 더 만나는 게 차라리 나아."

못 말리겠구나. 그는 고개를 가로저으며 말하곤 뒤를 돌아 어딘가를 향해 걷기 시작했다.

"아무튼 알아두라고. 이제 다른 일 하러 가봐야 돼. 그래도 너무 슬퍼하진 마. 지금 당장 못 만나게 되는 건 아니니까."

해인은 멀어지는 그의 뒷모습을 향해 자기도 모르게 고개를 숙여 인사를 건넸다. 내가 지금 왜 인사를 하는 걸까 하는 생각에 어리둥절해졌다. 그리곤 이내 입을 앙

다물고 진지한 표정을 지었다.

"그래도 양보 못 해. 만나는 건 계속 만나야 해."

*

금발 머리. 노래. 음료수.

이번 키워드는 비교적 맞추기 쉽다고 생각했다. 큰 이변이 없는 한 그건 두 사람의 첫 만남에 관한 키워드였다.

해인이가 이번엔 우리의 처음을 추억하고 싶은가 보다. 우현은 그렇게 생각하며 달력을 봤다.

"마침 주말이니까 딱 좋다. 사람도 적당히 있어서 그때 분위기도 날 거고."

우현은 그렇게 말하곤 두 사람이 처음 만났던 그 순간을 떠올렸다. 그땐 정말 심장이 터지는 줄 알았지. 대학교 과제를 위해 아무렇게나 거리를 떠돌고 있는데 어디선가 맑고 예쁜 목소리가 주변의 웅성거림을 전부 뚫고 그에게 다가오고 있었다. 홀리듯이 찾아간 그곳엔 마치 당신만을 위해 준비한 목소리라는 듯 마음에 쏙 드는

목소리로 노래하는 해인이 서 있었다. 그녀의 금발 머리
가 아무리 멀리에 있어도 보일 정도로 빛나고 있었다.

그렇게 그녀에게 첫눈에 반해버린 우현은 결국 과제
를 망쳐버리고 말았고 그 이후에도 해인만을 떠올리며
자기도 모르게 그 거리를 찾곤 했다. 결국 참다못한 어
느 날 음료수 한 캔에 그 마음을 담아서 건넸던 거고.

우현은 자신에게만 그 기억이 소중하고 강렬하게 기
억되고 있는 줄 알았는데 해인 역시 그 기억을 소중하게
여기고 있었다는 사실이 새삼스레 반갑고도 기뻤다.

그때 내가 어떤 옷을 입고 있었더라. 우현은 최대한
기억을 되살려 그때와 비슷한 머리와 옷차림으로 집을
나섰다. 중간중간 마주치는 유리창에 비친 그의 모습은
이제 보니 촌스럽기 그지없었다.

다 와 갈 무렵이었다. 거리 위의 어수선한 분위기를
뚫고 어렴풋이 반가운 목소리가 들려오고 있었다.

'해인이다. 이건 무조건 해인이 목소리야.'

우현이 확신에 가득 차 발걸음을 서둘렀다. 소리가 들려오는 방향은 분명했으므로 본인만 서두르면 되는 일이었다. 그리고 거의 달리다시피 해서 다다른 곳에서는 해인이 서 있었다. 그곳에 서서 우현만을 바라보며 노래를 부르고 있었다. 그가 너무도 잘 아는 노래. 그리고 너무도 다시 듣고 싶었던 노래였다. 우현은 다시금 벅차오르는 마음을 가다듬고 바로 주변에 있는 벤치에 앉아 해인의 노래를 들었다.

이렇게 예쁜 목소리에 예쁜 노래인데 그 누구도 그녀에게 관심을 주지 않는 것이 조금은 의아했지만, 그건 아무래도 상관없었다. 내 앞에는 해인이 있고 누구보다 건강했을 때처럼 노래를 부르고 있고, 그 노래는 온전히 우현 자신만을 위한 것이라는 생각에 오히려 기뻤으니까.

해인의 노래가 끝나갈 무렵에 맞춰 우현은 자리에서 몸을 일으켰다. 그리곤 그녀에게 천천히 다가가 주머니에 숨겨두었던 음료수 캔을 내밀었다. 해인이 작게 웃으며 말했다.

"누구세요? 이게 뭐예요?"

얘 봐라. 오랜만에 장난기가 도졌네. 우현은 그렇게 생각하며 마찬가지로 연기를 하기 시작했다. 음료수를 든 손을 바들바들 떨며 말했다. 몇 해 전에 정말로 그녀에게 건넨 말이었다.

"집에 가서도 또 듣고 싶고 또 보고 싶어서 왔어요."

해인이 활짝 웃으며 음료수를 건네받았다. 우현이 그럼 저 이제 쑥스러워서 집에 갑니다, 라고 말하며 뒤돌아서는 시늉을 했다. 해인도 그 장난에 맞장구를 치듯 그를 잡아 세웠다.

"음료수도 주고 멋있는 말도 했는데 어디 가요? 노래를 열심히 했더니 배고파요. 밥 먹어요, 밥."

두 사람은 그제야 상황극을 그만두곤 큰 소리로 웃기 시작했다. 지나다니는 사람들이 그들을 이상하게 바라보는 것 같았지만 아랑곳하지 않았다. 처음부터 그랬다. 날이 밝아오는 순간부터 그날은 다른 사람은 아무도 없고 그 두 사람만을 위한 날이었다.

자주 찾았던 분식집으로 들어가 치즈가 올라간 떡볶이를 나눠 먹었다. 그러면서 원래부터 낡아 있던 곳이어서 없어지면 어쩌나 걱정했는데 그대로 있어 줘서 다행이라고 몇 번을 떠들었다. 떡볶이를 먹고 나서는 두 사람이 거의 출퇴근 도장을 찍듯이 드나들었던 이 층 카페에 가서 몇 시간을 지치지도 않고 떠들었다. 카페의 사장은 늘 그랬듯 아주 과묵하게 두 사람을 없는 사람으로 여기며 둘에게 편안함을 선물했다.

집으로 돌아가는 길, 우현은 벌써부터 아쉬운 마음과 다음번 만남을 기대하는 마음으로 그녀에게 물었다.

"다음엔 우리 어디서 만나게 될까?"

해인은 잠깐 주저했다. 다음 만남의 약속을 미리 정해서는 안 된다는 규칙이 머리에 스쳤기 때문이다. 하지만 한 번쯤은 봐주지 않을까 하는 기대감에 입을 열었는데.

아무 말도 나오지 않았다. 분명 입은 뻥끗거리는데 어떤 목소리도 나오지 않았다. 우현이 의아한 표정을 지었고 해인은 몇 번이고 목소리를 내려고 애썼다. 하지만 목소리는 여전히 나오지 않고 있었다. 아. 이런 거구나. 이렇게 미리 약속하는 걸 막는 거구나.

참 짓궂은 사람이라는 생각을 하며 해인은 대답했다.

"비밀이야. 내가 늦지 않게 퀴즈 내줄게. 잘 맞추고 나 찾으러 와줘."

우현이 알겠다고 대답했다. 어느덧 열두 시가 가까워지고 있었다.

"안고 있자."

"응. 안고 있자."

"곧 또 한순간에 사라져 버리겠지만, 그래도 그때까지 안고 있자."

우현의 집 앞에서 두 사람은 계속 껴안고 있었다. 그렇게 두 사람이 하나의 그림자를 만든 채로 있기를 몇 분. 두꺼웠던 하나의 그림자가 일순 얇아졌고 우현은 쓴 웃음을 지으며 하늘을 올려다보았다.

"조심해서 돌아가. 또 봐. 해인아."

*

우현에게는 새로운 취미가 하나 생겼다. 바로 종영한 지 오래인 퀴즈쇼를 찾아서 보는 일이었다. 그 퀴즈 프로그램의 여러 챕터 중에서도 어휘력 퀴즈 시간을 즐겨 봤다.

초성 퀴즈가 주를 이루는 챕터였기 때문이다. 아주 혹시라도 해인이가 내준 퀴즈를 못 맞추면 어떡하나. 해인이는 기억하는데 나는 기억하지 못하는 추억이 있으면 어떡하나. 그런 마음 때문이라도 단어를 알아맞히는 감각을 날카롭게 세워두고 싶었다. 그러다 보니 세상의 모든 언어들이 초성으로 다가오기 시작해서 곤란해지기도 했다. 하필 다니는 회사가 광고 회사이다 보니 일조차도 제대로 되지 않아 곤혹스러울 때가 있었다.

하지만 아주 효과가 없지는 않았는지 해인이 키워드를 던져주자마자 곧잘 그것이 무엇을 뜻하는지 알아챌 수 있었다.

ㄷㅅ는 등산, ㅎㄷㅇ는 해돋이, ㅅㅈ은 사진이었다. 해인의 투병 생활이 본격화되고 점점 움직이는 것을 어려워하기 시작했을 무렵. 우현은 그런 해인이 조금이라도 더 즐겁게 매일을 보냈으면 해서 해인이 하기를 원하는 일을 대신 해주는 일을 했었다.

그중 하나가 새벽부터 산에 올라 해돋이를 보는 일이었다. 우현은 해가 막 떠오른 산꼭대기에서 자신의 활짝 웃는 모습을 사진으로 찍어 병상에 있는 해인에게 보내줬었다.

"같이 올라갔으면 더 좋았을 텐데."

피부와 뼈가 거의 달라붙다시피 한 해인이 그렇게 말했고 우현은 다음에는 꼭 같이 올라오자고 했었다. 그 약속은 슬픈 약속이었다. 두 사람이 다음에 같이 산 정상을 오를 수는 없을 거라는 걸 모두가 알고 있기 때문이었다.

그렇게 영원히 못 지킬 약속인 줄 알았는데. 우리가

같이 해 뜨는 걸 볼 수 있다니.

우현은 그게 더없이 기뻐서 회사에서조차 그 설렘을 숨길 수 없었다. 조금은 상기된 표정으로 31일에 휴가를 올리니 팀장이 그에게 물었다.

"전엔 하나도 안 쓰더니 요즘 그래도 근근이 휴가를 쓰긴 쓰네? 뭐 좋은 소식 있나 봐요?"

"그런 일이 있어요."

역시 사실대로 말해봤자 이상한 사람 취급을 하겠지. 우현은 그렇게 생각하며 답했다. 그러니 오히려 팀장뿐 아니라 주변의 몇몇 동료들도 음흉한 미소를 짓는 거였다.

"그냥요. 요즘 새로운 취미가 생겨서 그래요. 아직은 좀 부끄러운 수준이고 능숙해지면 그때 공개할게요."

그렇게 가까스로 둘러댈 수 있었다. 그래도 삐져나오는 웃음을 어쩔 수는 없었다.

*

해인이 살아있을 때 한두 번쯤 함께 오르기도 했었던 등산로 입구에서 새벽부터 진을 치고 기다렸다.

오늘도 일찍 나타나 주진 않으려나. 해 뜨는 걸 정상에서 보려면 그래도 미리 부지런히 산을 올라야 할 텐데. 그렇게 내심 초조한 마음으로 산을 올려다보고 있는데 뒤에서 반가운 발소리가 들려왔다. 이제는 목소리가 아니라 발소리만 들어도 누군지 알 수 있었다. 해인이었다.

"일찍 왔네?"

"해 뜨는 거 보려면 더 빨리 나가야 한다고 고래고래 소리를 질렀거든? 근데 누가 그걸 들은 건지 문이 평소보다 빨리 열리지 뭐야."

해인이 이가 다 보이도록 환하게 웃으며 손가락으로 브이를 그려 보였다. 우현은 그런 해인이 너무도 사랑스

러워 달려가서 그녀를 안을 수밖에는 없었다. 해인이 장
난스레 그를 밀어내며 말했다.

"시간 없어. 빨리 올라가자. 나 무서우니까 잘 지켜줘
야 해?"

우현은 고개를 끄덕이며 '한 번 죽기까지 한 사람이
아직도 무서워하는 게 있구나'라고 생각했지만 그 말을
입 밖에 내놓지는 않았다. 누가 뭐라고 하건 보통의 연
인으로 함께하고 싶었으니까.

처음은 아니었지만 역시 아직 해가 뜨지 않은 산을
오르는 일은 쉽지 않은 일이었다. 심지어 혼자서도 아니
고 해인을 챙기면서 오르는 것은 더더욱. 하지만 어째서
일까. 우현은 이 고되고 어려운 산행이 언제까지고 계속
됐으면 좋겠다는 말을 몇 번이고 머릿속에서 되뇌었다.

가까스로 오른 정상은 아직 어스름한 파란색으로 휩
싸여 있었다. 다행히 해가 뜨기 전에 도착을 한 것이었
다. 해인이 추위를 느끼는지 손을 바들바들 떨기 시작했

고 우현은 배낭에서 미리 준비해 온 자신의 외투를 꺼내 그녀에게 입혀주었다.

"원래 해 뜨기 전이 제일 춥대. 조금만 참아."

우현이 그 말을 뱉기가 무섭게 저 멀리에서 금색 테두리가 보이기 시작했다. 해가 뜨려는 모양이었다. 해인아 저기 봐. 그렇게 보고 싶어 했던 해 뜬다. 해인은 추위했던 기색은 온데간데없이 그 자리에서 방방 뛰기 시작했다.

"그렇게 좋아?"

"당연하지! 얼른 소원. 소원 빌어 자기야."

"새해 첫날도 아닌데……."

"그래도 둘이 보는 건 처음이잖아."

"그럴까? 그럼 해인이 네가 먼저 빌어."

"음. 그럼 잠깐만. 음……. 우현이가 언제나 행복하게 해주세요."

"해주세요."

"…나 없이도."

"해인아."

우현이 놀라서 해인을 보니 해인이 여전히 배시시 웃는 얼굴로 우현과 마주 보았다.

"그냥. 지금 너무 좋은데 아주 혹시라도 못 보게 될 수도 있잖아. 나 어디 안 가 우현아."

뭐야. 놀랐잖아. 우현은 해인의 머리를 손가락으로 툭툭 건드리며 토라진 척을 했다. 그리곤 다시 떠오르는 해를 보며 말했다.

"그럼 저는……. 계속 이렇게 행복하게 해주세요. 해

인이랑."

해인이 우현의 얼굴을 빤히 바라봤다. 우현이 멋쩍게
웃으며 해인에게 말했다.

"해인이 너 다시는 못 만나는 줄 알았을 때 말이야.
그때 정말 나 너무 힘들었어. 그래서 조금이라도 버텨보
려 일부러 다른 것들을 찾아서 해보기도 했었어."

"그랬어?"

"응. 효과가 있기는 있었어. 근데 그래도 알겠더라. 오
히려 확신하게 되더라. 나는 너 없으면 안 되는 사람이라
는 확신."

그러니까 혼자서 행복하라는 말은 조금만 더 참아줘,
나는 너 없으면 안 돼 해인아, 알겠지? 해인이 한껏 차
분해진 얼굴로 고개를 끄덕였다. 그리고 둘은 누가 먼저
랄 것도 없이 천천히 입을 맞췄다. 떠오른 해가 끝없이
보내오는 빛의 줄기가 두 사람을 감쌌고 두 사람도 빛의

테두리의 일부가 되었다.

산에서 내려온 둘은 곧바로 우현의 집으로 향했다. 웬만해선 다른 곳에 가서 놀기도 했겠지만 꼭두새벽부터 산을 오르고 다시 그 산을 내려오고 나니 체력이 바닥나 있었기 때문이다.

두 사람 모두 모르는 사이에 까무룩 잠에 들었었나 보다. 잠에서 깨어나니 창밖은 어두컴컴해져 있었고 우현은 침대에 혼자 누워 있었다. 이럴 수가. 두 달에 한 번인 소중한 데이트를 자느라 날려버리다니. 우현은 손으로 머리를 쥐어뜯으며 자책했다. 하지만 이내 핸드폰을 열어보고는 그 안에 있는 해인과 함께 찍은 사진을 보고는 바보처럼 웃기 시작했다. 오래전에 혼자 산에 올랐을 때는 혼자 사진을 찍어 그녀에게 보내줬었는데 이번엔 드디어 둘이 함께 사진을 찍은 거였다.

꿈이 아니네. 정말이네. 산꼭대기에서 해인이와 함께 찍은 사진이 여전히 이렇게 내 핸드폰에 저장되어 있네. 우현은 그게 너무도 놀라워 사진 속의 해인의 얼굴을 몇 번이고 쓰다듬어야 했다.

혼자 남은 밤이 하나도 외롭지 않았다.

*

"좋은 아침입니다."

우현이 사무실 문을 열고 들어오며 인사를 건넸다. 해인과의 등산으로 하루를 보낸 뒤였기에 평소보다 조금 더 들뜬 채로 인사를 건넨 모양이었다. 우현의 얼굴을 보는 동료들의 표정이 낯설었다. 평소 가깝게 지냈던 친한 후배가 물어왔다.

"좋은 일 있으세요?"

"아니 뭐 그냥."

"그 새로운 취미인가 그거 하고 오셨나 보구나?"

"그렇다고 봐야죠."

"그렇게 좋으면 그거 나도 해볼래요. 뭔데 그래요?"

"별거 아니에요 진짜."

"별거 아니니까 같이 하자니까요?"

"일합시다. 일."

후배는 도대체 뭔데 저러시지 궁시렁대며 자리로 돌아갔고 우현은 휘파람까지 불며 근무 준비를 서둘렀다.

점심시간. 늘 그랬듯 우현은 혼자 나가서 밥을 먹었다. 그리고 우현이 밥을 먹고 설렁설렁 회사로 돌아오고 있을 때 우현의 동료들은 어쩌다가 우현의 이야기를 하기 시작했다. 도대체 무슨 바람이 분 건지 모르겠다고. 얼마나 재밌는 취미를 찾았기에 사람 표정이 저렇게까지 바뀌냐고. 가만 보니까 취미가 아닐 수도 있을 것 같다고. 저만큼이나 극단적인 변화는 새롭게 만나는 사람이 생겼다거나 한 게 분명하다는 말들. 그렇게 끝도 없고 확실한 정답도 없는 추측이 난무하는 가운데 한 명이 이렇게 말했다.

"뭐가 어떻게 됐든, 괜찮아지고 계신 것 같으니 좋은 것 아닐까요?"

그건 그래요. 사람들은 제각각 그 말에 호응했고 우현에 관한 짧은 대화는 그렇게 마무리 지어졌다.

이유야 무엇이 됐건 우현은 정말로 나날이 행복해지고 있었다. 우현은 이미 해인과 두 달에 한 번씩 만나는 흐름에 모든 것을 맞추고 있었다. 1~2주에 한 번씩 우편함으로 날아드는 퀴즈를 맞히느라 며칠은 그냥 흘려보내곤 했고 해인의 퀴즈에 대한 정답이 점점 명확해질 때마다 기대감에 휩싸여 다시 며칠을 흥분 상태로 보냈다. 그 흥분은 31일이 코앞까지 다가오면 절정에 이르렀는데 길을 가던 사람이 난데없이 뺨을 때려도 한두 번쯤은 용서해 줄 수 있을 것 같다는 생각마저 하게 만들었다.

해인의 가족과는 그녀와 만날 때나 그녀를 떠나보낼 때나 가족처럼 가깝게 지내는 사이였지만, 그녀를 떠나보내고 나서는 어쩐지 생각할 때마다 마음이 울적해져서 한동안 만나러 가지는 못하고 있었다. 하지만 해인을 다시 만날 수 있게 된 이후에는 해인뿐만 아니라 그녀의 가족을 향해서도 다시금 무한한 애정이 샘솟아서 우현은 평소보다 더 자주 그들에게 안부 연락을 했다. 해인을 다시 만나게 됐다고 솔직하게 털어놓기는 좀 그랬지만, 해인을 떠나보내고 힘들어하는 자신의 모습을 조금이라도 지우고 싶었기 때문이다.

"이렇게 전화로만 할 게 아니라 언제 한번 퇴근하고 오지 그러니? 우현이 너 좋아하는 반찬 이것저것 해놓을 테니까."

"그럴까요?"

그렇게 찾아간 그녀의 집은 우현이 기억하는 그녀의 본가 그대로의 모습이었다. 해인의 부모님과 남동생이 어제 만난 사람들처럼 친근하기만 해서 우현은 또 울어버릴 뻔했지만, 그래도 전처럼 슬프기만 한 건 아니었으니 활짝 웃으며 그들을 일일이 안아줄 수 있었다.

맛있는 음식을 앞에 두고 우현 혼자서만 허겁지겁 음식을 먹고 신나서 이것저것을 떠들고 있었다. 해인의 가족들은 그런 우현을 숙연하게 쳐다보고만 있었다. 우현은 아차 싶었다. 아. 설마. 내가 실은 지금 너무 슬픈데 그런 모습을 가족들에게 보여주고 싶지 않아서 괜히 기분 좋은 척을 하는 걸로 보이려나? 아닌데. 나 진짜 행복해서 이러는 건데.

"왜 안 드세요?"

"그냥. 우리는 아까 뭘 조금 먹기는 했어. 우현이 많이 먹어."

"그러세요? 그럼 제가 이거 다 먹을게요?"

"당연히 그래야지. 그나저나……. 요즘 괜찮지?"

"아 그렇다니까요? 그 어느 때보다도 컨디션이 좋아서 여기까지 올 때도 거의 날아서 왔어요 저."

해인의 가족들의 얼굴에서 당혹감이 잠깐 스쳤다. 이 사람이 하는 말이 진짜인지 아닌지 헷갈리는 모양이었다. 거짓이라면 그것대로 슬픈 거였고 진짜여도 묘하게 서운한 일이었다. 이제 그가 당신들의 딸을 완전히 잊어버리고 자신의 삶을 살아갈 수 있게 되었다는 건 어쩔 수 없이 시원섭섭한 일이었으니까. 하지만 한편으론 그게 맞는 방향이라고. 진즉 일어나야 했던 일이 일어난 거라고 생각했겠지. 해인의 아버지가 우현이 좋아하는 반찬 그릇을 우현의 앞으로 밀어두며 말했다.

"다행이다. 다행이야."

우현은 순간 복합적인 감정이 머릿속을 스쳐 혼란스러워졌지만, 그녀의 가족들이 눈치채지 않도록 얼른 웃어 보이며 고개를 끄덕였다.

밥을 다 얻어먹고 거실에 잠시 앉아 각자의 요즘에 관해 이야기하고. 모두에게 더는 이야깃거리가 남아 있지 않다는 것을 깨닫고 조금은 서둘러 인사를 건네고 집을 나섰다. 우현은 은은한 슬픔과 미안함, 걱정을 느꼈다. 나야 두 달에 한 번이나마 해인이를 다시 만나고 있어서 좋긴 하지만 그들에게 해인은 여전히 그리움의 대상이기만 하지 않은가. 과연 그들이 아닌 내가 그녀를 만나고 있어도 되는 건가. 여전히 상실의 아픔을 겪어내고 있는 그들 앞에서 내가 너무 행복한 분위기를 뿜어낸 것은 아니었을까.

언젠가 시간이 아주 많이 흐른다면. 그리고 그때도 그들과 여전히 좋은 관계를 유지하고 있다면. 그들에게만은 이 이야기를 믿지 않는다고 해도 사실대로 모든 것을 털어놓아야겠다. 고 다짐했다.

*

우현은 당황하고 있다.

여느 때처럼 우편함에서 빼꼼 모서리를 드러내고 있는 종이를 발견한 것까진 좋았다. 당연히 반가운 마음이었다. 언젠가부터 그 종이를 향해 인사말을 건네는 습관이 생겼을 정도로 그 종이를 해인처럼 여기고 반기고 있었다.

종이가 조금 이상하다고 생각하게 된 것은 종이를 펼쳐보고 나서 한참이 지나고 나서였다.

종이에는 아무것도 적혀 있지 않았다. 앞뒤가 뒤바뀌었나 싶어 뒷면을 봐도 아무것도 보이지 않았다.

처음에는 그녀가 장난을 치는 거라고 생각했다. 그녀는 원래 그런 사람이었으니까. 특별할 것 없는 수십 수백 중 하나의 만남에서도 괜히 마음에 어떤 바람이 불어 장난을 치곤 했었다. 다리를 다쳤다며 절뚝거리며 다가

오다가 말고 갑자기 달리기 시작했고 하루는 곧 세상을 뜰 것 같다고 말하며 나를 불안하게 만들고는 곧 자기는 천사 같은 사람이라 언제라도 날개가 돋아날 것 같아서 그런다고 뒤이어 말하거나 하는 식이었다.

우현은 그녀의 그러한 장난들을 귀여워하기도 했고 한때는 분노하기도 했지만 결국에는 그러한 기질이 곧 그녀를 대표하는 요소 중 하나라는 것을 받아들이고 몇 번이고 그 장난에 속아주고 맞장구를 쳐주었다.

"그래도 그렇지. 여기에다가도 장난을 치다니. 내가 얼마나 진심으로 퀴즈를 푸는데……."

우현은 속상한 마음에 그 종이를 그대로 들고 바깥으로 나왔다. 퀴즈는 퀴즈고 회사는 회사였으니까. 그리고 혹시나 싶어 그 종이를 다시 들여다보았다. 가만 보니 거기에 밝은 곳에서 아주 자세히 들여다보아야만 보일 정도로 끊길 듯 위태롭게 얇은 선이 그려져 있었다. 그건 머리카락보다도 얇고 한때 해인이 했던 그녀의 금발 머리보다도 밝은색으로 그려진 선이었다.

선은 알아보기는 힘들었지만 분명 글자를 그리고 있었다.

"쌍시옷……. 이응……. 니은."

이게 뭐야. 이러니까 내가 못 찾았지. 만나면 아주 혼내줄 줄 알아. 우현은 그제야 웃으며 발걸음을 옮길 수 있었다. 그녀는 역시 장난에 있어서만큼은 자기보다 몇 수는 위일 거라고 생각하며.

해인의 장난은 그다음 번의 퀴즈에서도 이어졌다. 이번에는 지극히 얇은 선 대신 지극히 조그만 점이었다. 점으로 보일 정도로 작은 글자였다. 'ㄲ, ㄷ, ㅂ.' 세 개의 초성은 넓은 종이의 오른쪽 아래 구석에 현미경으로 봐야만 보일 만큼 작게 연달아 찍혀 있었다.

"이번에도 찾았어. 누가 이기나 봐."

우현은 그렇게 저번에도 이번에도. 그리고 그다음 번의 퀴즈에서도 집요하게 종이를 들여다봄으로써 퀴즈를

풀 수 있었다. 우현이 추측한 정답은 '싸운 날', '꽃다발', '식당', '술집'이었다. 그 네 개의 키워드를 통해 우현과 해인은 단 하나의 기억을 불러올 수 있었으므로 우현은 자신의 추측이 정답이라고 자신할 수 있었다.

오래도록 편안하게 이어져 온 연애에 권태를 느낄 무렵에 큰 다툼이 있었다. 오랜만에 밖에서 한잔하자고 기껏 차려입고 찾은 어느 술집에서 두 사람은 날 선 말들을 주고받았다. 관계를 좀 개선해 보고자 했던 노력이 물거품으로 돌아가 버리고 말았고 그날 밤 두 사람은 길을 찾기는커녕 더더욱 관계에서 헤매게 될 것이라는 막막함을 느껴야만 했다.

그리고 뒤늦게 자신의 잘못을 뉘우친 우현이 다음 날 해인의 집으로 향할 때 들고 간 것이 바로 꽃다발이었다. 우현은 꽃다발을 든 채로 해인의 집 앞에 서서 그녀에게 전화를 걸었다. 창밖을 좀 봐주지 않겠냐고. 오늘 나와 데이트해 주지 않겠냐고.

우현의 진심 어린 사과에 얼어붙어 있던 관계는 금방

다시 녹아들 수 있었고 둘은 근사한 식당에서 행복한 시간을 보낼 수 있었다. 물론 그곳에서 해인이 돌연 쓰러져버리고 말았지만. 어쩌면 그게 우현과 해인 사이의 비극적인 작별의 시작점이었겠지만 말이다.

참 해인이 너답다.

우현은 생각했다. 어떻게 보면 마냥 좋지만은 않은 기억일 텐데. 해인이는 그때의 그 기억들도 전부 소중하게 기억하고 있는 거구나.

좋아. 그럼 나도 나쁘게만 기억하지 말아야지. 오히려 이번 만남을 기회로 삼아서 나쁜 기억을 좋은 추억으로 덧씌워 버려야지. 절대 다시 다투지 말아야지. 음. 그리고 왜 퀴즈를 낼 때 그런 장난들을 쳤느냐고 나무라지도 말아야겠다.

해인이 세상을 떠나기 전에 살았던 집 앞으로 아침부터 꽃다발을 들고 찾아갔다. 해인의 의도와 우현의 추측이 맞았다면 분명 해인도 이곳으로 나타날 거였다. 예쁘게 차려입은 옷매무새를 다듬고 꽃다발을 든 채로 집 앞에 서 있었다. 꽃을 건네는 게 처음도 아닌데 괜히 긴장이 돼서 땀이 나고 있었다.

아니나 다를까 해인은 웃으며 건물 현관에서 모습을 드러냈다. 도대체 어디를 통해 나타난 걸까. 이젠 별로 놀랍지도 않았다.

"꽃다발! 자기는 바로 맞출 줄 알았어."

해인이 그렇게 말하며 우현에게 안겨 왔다. 향기로운 냄새가 풍겨왔다. 해인이 자신과 조금이라도 특별한 데이트를 할 때면 뿌리곤 했던 향수 냄새였다. 익숙한 향수 냄새에 예쁘게 꾸며 입은 해인에. 정말 그날로 돌아온 것 같네. 우현은 새삼스레 감동했다.

"이제 어디 가? 술집을 가나? 두 달 만에 보는 거라 낮부터 취해 있긴 싫은데."

"당연히 나도 그렇지. 술집은 이따가 가고 일단은 그

때 그 식당부터 가자. 내가 예약해 놨어."

꽃은 내가 들까 아니면 자기가 들래? 우현이 물었고 해인은 자기가 들고 있겠다고 대답했다가, 이내 아니다 그냥 네가 들으라고 말했다. 꽃이 예쁜 건 맞지만 그 예쁜 걸 예쁜 네가 들고 있는 모습을 조금 더 보고 싶다고 말하면서. 해인은 양손의 손가락으로 네모를 만들어 꽃을 들고 있는 우현의 사진을 찍는 시늉을 했다. 역시 장난이 지나쳐. 예쁜 건 본인이면서. 우현은 혼잣말했다.

"맞아. 그리고 내가 이겼어."

"뭐가?"

"퀴즈 낼 때 장난친 거 말이야."

"무슨 장난? 평소랑 똑같았는데?"

"거짓말하지 마. 엄청 읽기 힘들게 해놓고는? 엄청 얇고 안 보이는 선으로 글자를 쓴다든가 점보다 작은 글자를 쓴다든가.”

“그런 적 없는데? 애초에 나는 글자를 ‘쓰는’게 아니
야. ‘외칠’ 뿐이지.”

“어?”

정말 그랬다. 해인이 맨 처음 우현에게 쪽지로 닿을
수 있었던 건 그녀가 보고 싶다고 소리치는 우현을 향해
그녀도 마찬가지로 나도 보고 싶다고 소리쳤기 때문이
었다. 그 외침이 종이의 형태로 변하여 우현에게 나풀나
풀 날아서 안착할 수 있었던 거였다.

“그랬네? 그럼 그건 뭐지?”

“어땠는데? 자세히 말해봐.”

“음……. 아니야. 내가 다른 거랑 헷갈렸나 보다.”

우현은 그렇게 해인의 장난이라고 생각했던 그 일에

대해 대충 웃어넘겼다. 뭔가 오작동 비슷한 게 있었던 게 아닐까 생각되긴 했지만 어쩌면 별것도 아닐 일로 해인을 불안하게 만들고 싶지는 않았기 때문이다.

해인과 우현은 그 식당에서 행복하기만 한 식사 시간을 보냈다. 이번에는 그 누구도 쓰러지지 않았고 그 누구도 쓰러진 사람을 걱정하지 않았다. 음식을 먹는 것을 버거워하지도 않았고 그저 건강하고 행복하게 그곳에 있었다.

술집에 가서도 마찬가지였다. 마음이 얼어붙을 정도로 날카로운 말을 주고받는 대신 사랑한다는 말, 이렇게 있어서 좋다는 말만 주고받았다. 둘 사이에는 어떤 미움도 서운함도 더는 없었다.

"지금 이 가게 안에서 우리가 제일 행복해 보여."

해인이 말했고 우현도 고개를 끄덕였다. 우현은 그녀의 손을 꽉 잡은 채로 말했다.

"다음에 만나서도 분명 행복할 거야. 뭘 할지는 모르지만."

그렇게 말하는 순간. 그리고 그 말을 들은 해인이 잔잔하게 미소를 지으려는 순간. 거기엔 술집의 까만 벽면만이 있었다. 우현의 맞은편에 앉아 있던 해인이 감쪽같이 사라져 버린 것이었다. 화들짝 놀란 우현이 시계를 들여다보니 시침은 딱 자정을 가리키고 있었다. 너무도 즐거운 나머지 시간이 흐르는 것도 잊고 있었구나.

그래도 웃는 얼굴만큼은 제대로 보고 싶었는데. 보일락 말락 할 때 가버렸네.

*

대학교. 버스. 아무 데나. 해인의 메시지였다.

둘이 같은 대학교를 다닐 무렵, 피차 사정이 넉넉하지 못했던 두 사람은 종종 버스 데이트를 즐겼다. 말이 거창하게 버스 데이트지 대단할 것은 없었다. 그저 학교 앞 버스 정류장에서 버스를 기다리다가 가장 먼저 도착하는 것을 타고 아무 데나 간다. 그러다 마음에 드는 곳이 보이면 곧바로 그곳에서 내린 뒤 산책을 하거나 배를 채우고 또 다른 버스를 탄다. 그뿐이었다.

버스 데이트를 하는 날에는 세상에서 가장 행복한 여행객이 된 기분이었다. 그도 그럴 게 그만큼이나 즉흥적이고 저렴한 여행이 없었다. 필요한 것은 교통카드와 군것질을 할 돈 조금. 그리고 어디로든 떠나겠다는 용기뿐이었다. 그리고 그 용기는 해인과 우현 두 사람이 함께라는 사실만으로도 이미 충족되는 것이었다.

가장 먼저 나타나는 버스가 마침 서울 바깥으로 튀어

나가는 버스라면 정말 문자 그대로의 여행이 시작되기도 했다. 높은 건물이 점점 보이지 않게 되고 파란 숲이나 노란 논밭 같은 것이 더 많이 보이기 시작하면 두 사람은 세상에서 가장 자유로운 영혼이 된 기분을 느낄 수 있었다.

그렇게 닿게 된 어느 마을에서 두 사람은 내일 같은 건 생각하지 않기로 약속하기도 했었다. 한 번도 들어본 적 없는 이름의 마을이었고 그 이름만큼이나 조용한 마을이었다. 해인이 별안간 잔뜩 신난 표정으로 우현에게 말을 걸었다.

"꼭 도망쳐 온 사람들 같다."

"그러게."

"도망 한번 제대로 쳐볼까?"

"어떻게?"

"그냥, 여기서 그냥 확 막차를 놓쳐버리는 거야. 그래서 어쩔 수 없다는 식으로 같이 하루 자는 거야. 아무리 조용한 곳이어도 우리 둘이 잘 곳 하나 없을까?"

"강의는? 아르바이트는?"

"도망자들은 원래 그런 걸 생각하지 않아."

"넌 이래서 문제야. 너무 박력이 있어서 자꾸 나를 반하게 만들잖아."

해인이 과장되게 어깨를 펼쳐 보였고 우현은 우스운 표정으로 손뼉을 쳤다. 그길로 두 사람은 더없이 허름하지만 그 마을에서 유일해 보이는 여관을 찾아 그곳으로 정말 도망자들이라도 되는 것처럼 숨어 들어갔다. 그리곤 아침이 밝을 때까지 수다를 떨다가 입을 맞췄다가 다시 수다를 떨었다. 긴 대화와 키스만 반복되는 밤이었다.

그 도망자들의 하루는 그 뒤로도 오랫동안 두 사람에

게 추억으로 남아서 자주 대화의 소재로 사용됐다. 우스운 점은 그 이름조차 처음 들어본 마을의 이름을 두 사람 모두가 까먹어 버렸다는 점. 그래서 다시 찾아가 보려 해도 그럴 수 없게 되어버렸다는 점이었다. 두 사람은 마을 이름쯤은 네가 기억해야지, 아니지 오히려 네가 기억했어야지 투덕거리다가 다시 한바탕 웃고는 다음에 언젠가 또다시 버스 여행을 떠나게 된다면 만날 일도 있겠다고 이야기하며 손을 맞잡았었다. 결국 해인이 세상을 떠날 때까지 그 마을의 이름은 다시 알 수 없게 돼버렸지만.

이번에는 찾을 수 있을까?

우현은 다니던 대학교 바로 앞의 버스 정류장에 서서 해인이 보낸 세 장의 종이를 내려다보며 생각했다. 그게 아니면 전혀 새로운 곳으로 가게 되려나? 서울 바깥으로 나가는 버스가 아니라 순환버스만 앞에 나타나서 서울 여행을 하게 되려나? 그것도 좋기는 좋을 텐데.

"그나저나 왜 안 오는 거야? 아침도 다 지나가고 있

는데.”

　이렇게나 늦게 나타나는 건 오랜만이었다. 뭐지? 지금까지 한 번도 엇갈린 적은 없었는데 혹시 엇갈리기라도 한 건가? 내가 잘못된 정류장에서 해인이를 기다리고 있는 건가? 아니면 해인이가 다른 곳으로 잘못 기억하고 있는 건가? 그러면 어떡해야 하는 거지? 내가 가야 하나? 아니면 해인이가 와야 하나? 혹시라도 섣불리 움직이다가 다시 엇갈리기라도 하면 어떡하지?

　우현은 점점 더 초조해지는 마음을 가라앉히려 정류장 벤치에 앉아 계속해서 다리를 떨었다. 해인이 보낸 세 장의 종이를 주머니 안에서 자신도 모르게 꽉 움켜쥐면서.

　한 시가 돼도 두 시가 돼도 해인은 나타나지 않았다. 더는 가만히만 있을 수 없었다. 우현은 그 정류장 주변부터 시작해서 다음 정류장과 전 정류장을 부지런히 뛰어다녔다. 만약에라도 그녀 역시 자기를 찾고 있는 건 아닐까 해서 해인의 이름을 크게 부르기도 했지만 그 누구도 그에게 반응하지 않았다. 혹시나 싶어 정문이 아닌 후문 쪽과 가까운 정류장을 뒤져보기도 했지만 해인과 닮은 사람조차 찾아볼 수 없었다.

또 장난인 거지? 지금도 어디선가 나를 보고 있는 거지?

그렇게 몇 번이고 마음속으로 외쳤지만 시간은 기다려주지 않고 우현을 둔 채로 자꾸만 흐를 뿐이었다. 낮에서 초저녁이, 초저녁에서 밤이 될 때까지도 해인은 나타나지 않았다.

두려움이 엄습했다. 오늘은 나와 그녀가 어쩌다 만나지 못한 것이 되어야 했다. 오늘만 그런 거였고 이후에는 계속 만남이 이어져야만 했다. 그게 아니라 저번 만남이 마지막인 상태로 다시 해인을 못 보게 된다면. 그건 죽기보다도 두렵고 끔찍한 일이었다. 마지막으로 본 그녀의 얼굴이 웃기 직전에 반짝하고 사라져 버린 그 얼굴이어서는 절대 안 됐다.

분명. 분명 그 초성들로 맞힐 만한 단어는 그것들 말

고는 없었는데…….

혹시라도 틀린 답이었을까. 지금이라도 옳은 답을 찾을 수는 없는 걸까 하는 마음에 주머니에 손을 넣어 종이들을 꺼내보려 했지만 거기에 종이는 없었다. 세 장의 종이가 감쪽같이 사라져 있었다.

이러지 마. 너까지 이러지 마.

종이는 분명 주머니 안에 있었다. 손을 넣었다 빼면서 흘려버렸을 가능성도 전혀 없었다. 우현이 그 종이들을 해인의 일부로 여길 만큼 중요하게 생각하고 있었고 그러므로 주머니에 그것들을 넣어둔 뒤에는 외투의 지퍼를 잠가뒀기 때문이다.

그러면 어디로 간 걸까? 하루아침에 녹아버리거나 부스러지기라도 한 걸까? 모든 것이 두려워지기 시작했다. 내가 종이를 흘려버린 것도 아니고 다른 곳에 넣어둔 것도 아니라면. 정말로 내가 알지 못하는 사정과 힘에 의해 그녀에 관한 것들이 하나씩 사라져가고 있는 거라면.

난 이제 어떻게 다시 살아야 하지?

## · 4장 ·

---

# 마지막 사랑

드디어 밝은 31일 아침. 두 달에 한 번 돌아오는 31일은 해인에게 매번 기념일처럼 다가왔지만 오늘은 유독 특별하게 느껴졌다.

해인이 기대해 마지않는 '버스 데이트' 날이었기 때문이다. 버스 데이트는 해인이 살아 있을 때부터 우현과 해인이 둘이서 즐겨하곤 했던 데이트였다. 그건 아무 버스나 타고 그 버스가 이끄는 대로 두 사람의 운명을 맡기는 무책임한 방식으로 진행됐는데 원래부터가 즉흥적인 것들을 즐겼던 해인에게 그 데이트는 그야말로 최고의 데이트였다. 다만 갑자기 병에 걸려 고생하기도 했고 다른 즐거운 데이트들도 많이 하게 되었기 때문에 어느 순간부터 잘 하지 않게 된 데이트이기도 했다.

아! 그 재밌는 걸 왜 까먹고 있었지! 바보 같아. 그래도 우현이가 그렇게 오래된 추억을 까먹지 않고 맞혀 줘서 정말 다행이야.

해인은 그 신이라는 존재가 어디에서 자신을 보고 있건 말건 신경 쓰지 않고 이리저리 엉덩이를 흔들며 춤을 추기 시작했다. 이만큼이나 신나는 마음이니 그 정도의 창피함쯤은 얼마든지 감수할 수 있었다.

우현이 나갈 준비를 마쳐가는 것을 보며 해인도 슬슬 준비를 마무리해야겠다고 생각했다. 그때 옆에서 인기척이 들려왔다. 고개를 들어 그쪽을 바라보니 역시나 그가 서서 그녀를 보고 있었다. 그녀는 친근하게 손을 흔들며 인사했다. 이제는 웬만해선 그 무엇도 무서워하지 않는 해인이었다.

"나 얼마나 예쁘게 하고 나가는지 구경하러 왔어요?"

"진짜 너는 입만 살아서……."

"아 왜요!"

해인이 코를 찡그리며 웃어 보였다. 아무튼 나 이제 나가봐야 해요. 데이트가 얼마나 재밌었는지는 다녀와서 귀에서 피 날 때까지 떠들어드릴 테니까 다른 일 보고 계세요. 해인은 그렇게 말하고는 사뭇 능숙해진 동작으로 동굴의 입구로 다가가 문고리를 움켜쥐었다.

"어? 안 열려요. 이거 왜 안 열려요? 고장 났나 봐."

신은 아무 표정도 짓지 않았다.

"어르신. 그렇게 보고만 있지 말고 어떻게 좀 해봐요. 오늘 31일이잖아요. 31일인데 안 열리면 안 되는 거잖아요. 약속이 다르잖아."

"그건 나도 어떻게 못 도와줘."

"왜 못 도와줘요. 명색에 신이라면서 왜 문도 못 따주는데요?"

"안타깝지만, 이제 문도 못 여는 지경에 이른 거야."

그는 하나도 안타까워하지 않는 표정으로 허공을 보며 말했다. 하지만 곧 그 텅 비어 있는 얼굴을 가르는 눈물을 한두 방울씩 흘리기 시작했다. 해인도 이제는 알수 있었다. 아무리 표정이 없는 분이시지만, 저런 것이 나름의 감정 표현이라는 것을. 그 존재의 모습은 처음에는 약간 흐릿하게 보이기 시작했지만, 이제는 제법 선명하게 보이고 있었다. 해인이 그를 향해 소리쳤다.

"도와주세요! 둘이 열면 열릴지도 모르잖아요!"

하지만 그는 눈물만 흘릴 뿐 가만히 서서 안간힘을 쓰는 그녀를 돕지는 않는 것이었다. 해인은 화라도 내듯 됐다고 말하곤 다시 몇 번이고 문고리를 잡아당겼다. 도저히 힘이 들어가지 않을 정도로 힘에 부치면 문을 향해 달려가 몸을 던져 부딪히기까지 했다. 하지만 문은 꼼짝도 하지 않았다.

결국 그러다 지쳐 나가떨어진 해인은 허망한 표정으로 창을 통해 우현의 모습을 내려다보기만 했다. 우현은 마찬가지로 해인을 만나지 못해 이곳저곳을 뛰어다니며 해인의 이름을 부르짖고 있었다. 그가 해인을 부를 때마다 해인 역시 나 여기 있다고 여기 좀 봐달라고 울며 소리를 질렀지만 그 대답은 절대 우현에게 가서 닿지 않는 모양이었다.

어느새 밤이 깊었다. 지쳐서 아무 곳에나 걸터앉은 우현이 주머니에 손을 넣어 무언가를 찾는 것이 보였다. 아마도 자기가 보낸 힌트 종이들을 다시 천천히 들여다보려는 모양이었다. 혹시라도 자기가 답을 잘못 맞혔을까 봐 그러는 거겠지. 그거 맞아 우현아. 잘 맞혔는데. 내가 보러 못 가고 있어서 그래. 미안해. 해인은 미안한 마음에 우는 일 말고는 다른 무엇도 할 수 없었다.

그렇게 흐르는 눈물을 닦으려는데 손에서 낯선 감각이 느껴지기 시작했다. 분명 조금 전까지는 빈손이었는데 자기도 모르는 사이에 무언가가 쥐어져 있는 것이었다.

이게 뭘까. 의아해하며 손을 펼치는데, 거기엔 자신이 우현에게 소리를 질러 보냈던 힌트들이 꼬깃꼬깃 구겨진 채로 쥐어져 있었다.

'이게 왜 여기 있어?'

그렇게 창밖을 넘어다보니, 마침 우현이 지금 해인의 손에 있는 종이가 사라져서 난처해하고 있었다. 그러니까 그 종이들은 마치 반송이라도 된 것처럼 해인의 손에 돌아온 것이었다.

꼬깃꼬깃. 해인은 그 구겨짐조차 우현의 흔적인 것만 같아 더는 울음을 참을 수 없었다. 이대로는 안 되겠다는 마음에 얼른 다시 일어서서 동굴 문을 두드리기 시작했다. 신이 그녀를 만류했다.

"그러지 마. 이미 늦은 거 알잖아. 하루가 다 끝나가.

어차피 두드린다고 열릴 문도 아니라고."

해인이 그의 말은 아랑곳하지 않고 계속해서 문을 두드리자, 그는 살짝 짜증을 내며 해인에게 소리를 질렀다.

"그만!"

그 소리는 마치 천둥처럼 크게 울려 해인의 몸을 경직시켰고, 해인은 그제야 축 처진 어깨로 뒤돌아서 그대로 쪼그려 앉았다. 쪼그려 앉은 채로 등을 기대도 동굴의 문은 꼼짝도 하지 않았다.

"그만해. 이제 슬슬 그만 만날 때도 됐었어. 더 만나면 너라는 사람 자체가 소멸되는 건 물론이고 다른 누구의 꿈에도 못 나오게 된다니까? 그것만큼 슬프고 모두에게 미안한 일도 없을 텐데?"

그건 난생처음 듣는 말이었다. 해인이 되물었다.

"그게 무슨 말이에요?"

"내가 말 안 했나? 살아 있을 때 그런 이야기 들어본 적 있지 않아? 죽은 누군가가 꿈이 나와서 인사를 건넸다거나 하는."

"들어본 적은 있어요. 근데 그건 그냥 꿈인 거잖아."

신이 고개를 저었다.

"꿈인 경우도 물론 있지만, 진짜일 때가 더 많지. 죽은 사람들은 얼마 동안 이곳과 같은 각자만의 세계에서 일 년 정도를 지내다가 그 후에 아주 먼 곳으로 이사를 가게 되거든."

"그런 거였구나. 미리 말 좀 해주지. 그런데요?"

"근데 한마디 말도 없이 이사를 가버리면 너무 서운하잖아. 그래서 그전에 주변의 가장 소중했던 사람들의 꿈에 나타나서 인사를 건넬 기회를 주는 거야."

"그런 거구나. 근데 꿈에 못 나오게 된다니요?"

"쉽게 생각하면 마일리지 같은 게 있는 거라고 생각하면 돼. 이쪽에서 저쪽으로 말을 걸거나 꿈을 통해 넘어가거나 하는 일에는 다 일종의 마일리지가 필요한 건데, 실제로 네 남편을 만나러 간다는 건 어떻게 보면 그 마일리지를 아주 많이 사용하는 일이 되는 거거든."

"아……."

"그래서 한 사람을 만나는 데에 그걸 너무 많이 쓰면 자연스레 다른 사람들에게는 그 어떤 인사도 건네지 못한 채로 영원히 안녕이라는 말이야. 너 가족 있지 않아? 가족한테 인사 안 해?"

"가족……. 있어요."

"그러니까."

잘 생각하라고. 다음번의 31일이 있을지 없을지는 아

무도 모르는 일이지만 다시 남편을 만나러 갈 수 있게 된다고 해도 일부러 안 가는 방향으로도 생각해 보고.

"저번에도 들은 적 있는 것 같은데, 소멸은요?"

"비슷한 이야기야. 너는 느끼지 못하겠지만 내 눈에는 다 보이거든. 네 모습이 처음에 비해 확연히 흐려져 있는 게."

"거짓말."

해인이 자신의 두 손을 내려다보았다. 해인이 보기에 해인의 두 손은 더없이 또렷했다.

"내 눈에는 그렇게 보여. 아무튼 말이야. 지금보다도 더 희미해진 뒤에는 정말 손짓 하나 걸음 하나까지 다 조심해야 해. 이 다음의 세계로 완전히 넘어가기 전까진 아무것도 안 하고 잠자코 앉아 있는 게 제일 좋지. 만약 그렇게 희미해져 있는데도 조심하지 않고 계속 저 동굴을 드나들다 보면, 어느 날 소리도 소문도 없이 동굴을

지나가다 분해돼 버리고 말 거야. 그리고 그건 나 역시
도 어떻게 막을 수 없는 일이고.”

아무튼 난 바빠서 가본다. 신은 그렇게 말하곤 혀를
몇 번 쯧쯧 차며 뒤를 돌아 어딘가로 향하기 시작했다.
해인은 멀어져가는 그를 바라보기만 했다. 그의 말에 긍
정도 부정도 하지 않았다. 다만 무언가를 결심한 듯 비
장한 표정만 지을 뿐이었다.

\*

　아무 의미도 기쁨도 없는 아침이 밝았다. 사람 마음
이라는 게 이렇게 급격하게 변할 수도 있다는 게 신기
했다. 어제의 아침은 아름다운 호수였는데 오늘 아침은
바짝 마른 사막이었다. 해인은 왜 나타나지 않은 걸까.
마음이 변한 걸까. 그럴 리는 없었다. 다른 사람들이라
면 어떨지 몰라도 우리의 사랑은 그렇게 쉽게 위태로워
지는 게 아니었다. 역시 저번의 그 흐릿하고 희미했던
종이와 관련이 있는 걸까. 외부의 어떤 거대한 힘에 의
해서 우리는 결국 단절되어 버린 걸까. 꼬리에 꼬리를
물게끔 생각을 이어가봤자 답을 얻을 수는 없다는 걸
잘 알고 있었다. 분명한 것은 두 달이나 기다렸는데 그
녀를 만나지 못했다는 사실이었다. 다음이 있다고 해도
그건 다시 두 달이 지난 후일 텐데. 이 막막함을 어쩌면
좋지.

　온종일 소리를 지르며 곳곳을 뛰어다닌 탓이었는지
몸에 힘이 들어가지 않았다. 그래도 사람 구실은 하려면
최소한 출근을 해야 했다. 반쯤 죽어 있는 사람처럼 일

어나 씻는 척만 하고 회사로 향했다. 회사 사람들은 늘 그래왔던 것처럼 웃으며 우현에게 인사를 건넸고 우현은 무미건조하게 고개를 숙일 수밖엔 없었다.

정말 한결같은 사람들.

어떻게 저들은 항상 한결같은 표정을 지을까. 세상을 떠도는 누군가의 말처럼, 정말 행복한 일을 매일 새로 찾는 사람들인 걸까. 매일 행복할 수 있다는 건 어떤 기분일까. 난 그런 기분 같은 거 모르는데. 앞으로도 알 수 없게 됐는데. 장난기 넘치는 동료가 뭔가 재밌는 소식이 있는지 이상한 표정을 지으며 우현에게 가까워지다가, 우현의 꼴이 사람의 그것이 아니라는 것을 알아채자마자 곧바로 뒤를 돌아서 본인의 자리로 돌아갔다. 평소였다면 그 모습조차도 우스워서 '도대체 뭔데 그래?'라는 말로 호응을 해주었겠지만 그조차도 마음처럼 되지 않았다. 그의 불편함이나 무안함 같은 것을 신경 쓸 정도의 마음의 여유가 우현에게는 없었다.

임원 한 명에게 좋은 일이 있는 모양이었다. 오늘은

기분 좋은 날이니 자기가 근사한 점심을 대접하겠다고 선언했고 사람들은 환호했다. 우현 역시 대충 박수를 쳐주는 시늉을 했다. 그리곤 한 번에 우르르 몰려 나가는 사람들을 보내고는 다시금 자리에 앉았다. 맛있는 것을 먹고 싶은 마음도 맛있는 것이 아니더라도 무언가를 먹고자 하는 마음도 없었다. 그냥 아무것도 안 하고 가만히 앉아 있고만 싶었다.

얼마나 지났을까. 저 멀리서부터 웅성거리는 소리가 가까워지기 시작했다. 뭔지는 몰라도 그 근사한 식사를 마친 사람들이 돌아오고 있는 모양이었다.

"안 먹길 잘했지. 가도 거길 가냐."

"그러게. 오늘은 우리가 승리자야."

그건 고작 두 사람의 목소리였다. 모두가 함께하는 점심식사에서 빠져나온 사람이 우현 혼자만은 아닌 모양이었다. 두 사람은 마치 그 사무실이 자신들만의 것이라는 듯이 거리낌 없이 떠들기 시작했다. 목소리로 미루어보아 반년 전쯤 함께 입사한 우현의 후배들인 것 같았는데, 그들이 하는 말의 중간중간에는 우현의 동료를 비롯한 선배들의 뒷담화도 섞여 있어 우현은 자연스레 그들의 대화에 귀를 기울일 수밖엔 없었다. 그렇게 그들의 대화를 백색 소음으로 삼아 가만히 눈을 감고 있는데, 돌연 그들의 입에서 '우현 님'이라는 말이 나오는 바람에 우현은 그만 헉 소리를 낼 뻔했다. 가까스로 그를 참아낸 우현이 가만히 귀를 기울였다.

"우현 님도 없었지?"

"맨날 혼자 밥 먹으러 다니는 사람이니까."

"맨날 어디서 먹는데?"

"몰라. 난 잘 모르는데 저번에 누가 봤더니 한참 걸어가서는 무슨 덮밥 같은 거 하나 먹고 터덜터덜 걸어온대."

"신기한 양반이네. 그나저나 오늘 표정 봤어?"

"아 봤지. 그걸 누가 못 봐."

"무슨 일 있는 거 맞지? 한동안 표정 좋더니 어떻게 그렇게 낙차가 심하냐?"

"몰라. 무슨 일이지?"

"아무래도 그렇게까지 낙담할 만한 일이라는 건 만나던 사람이랑 헤어진 거 아니겠어?"

"맞네. 헤어졌네 헤어졌어. 얼마나 사랑하다가 헤어졌으면 얼굴이 그렇게 돼. 팔자도 기구하다. 전에 결혼했다던 그 사람도……."

우현이 자리를 박차고 일어나 동물 같은 괴성을 질렀다. 다른 건 다 참아도 해인에 관한 말은 참을 수가 없었다. 그들이 있는 곳까지 달려가야 한다는 생각조차 들지 않아 손에 잡히는 무엇이라도 던지려던 순간, 사무실의 문이 열리며 사람들이 들어왔다. 그들은 싸늘하게 식어 있는 분위기의 정체를 좀처럼 파악하지 못하고 있는 것 같았다.

"우현 님? 무슨 일이에요?"

우현은 집어던지려던 물건을 바닥에 내팽개치고도 화를 주체하지 못해 자신이 앉아 있던 의자를 넘어뜨렸다. 인파 속에서 그를 보고 있던 팀장이 우현의 이름을 크게 불렀다.

"이게 뭐 하는 짓이지? 지금 바로 회의실로 오세요. 다른 분들은 슬슬 자리로 돌아가서 일하시고요."

그렇게 회의실로 끌려서 들어간 우현은 들어가자마자 기계적으로 팀장에게 사과했다.

"죄송합니다."

"우현 씨. 나는 도저히 이해를 못 하겠네."

회의실 테이블 앞에 앉은 우현은 고개를 들지 못한

채로 가만히만 있을 뿐이었다.

　"내가 우현 씨 오래 봐왔잖아. 우현 씨가 경우가 없는
사람도 아니고 누구보다 열심히 하고 사회성도 좋았던
거 내가 잘 아는데. 갑자기 왜 이렇게 감정 상태가 들쭉
날쭉해진 거지? 그때 일 그만뒀을 때 더없이 유능한 사
람이라는 것도 알고 피치 못할 사정이 있었다는 것도 알
아서 내가 책임지고 데리고 온 건데, 자꾸 이러면 내가
뭐가 돼요?"

　"드릴 말씀이 없습니다."

　우현은 자신의 감정 기복의 원인에 대해 솔직하게 말
할 수 없었다. 그걸 말하는 순간 아무리 자신을 아껴주
던 팀장이라고 할지라도 그를 믿지도 않을뿐더러 나아
가 우현을 미친 사람이라고 생각할 게 뻔했기 때문이다.

　"그 고통을 아직 나는 몰라요. 사랑하는 사랑을 잃은
고통. 아마 굉장히 괴롭겠지. 근데 한편으로는 그 일로
부터도 어느 정도 시간이 지난 것도 맞다고 생각해. 그

러면 적어도 어른이라면 이런 식으로 자꾸 주변 분위기
흐리고 공격적인 태도를 보이는 건 하지 말아야 하지 않
겠어요?"

말해봐요. 여기서 나만큼 우현 씨 챙겨주고 이해해
주는 사람 없잖아. 우현은 그 말을 들으며 생각했다. 과
연 사랑했던 누군가를 애도하는 일에도 유통기한이라는
게 정해져 있는 걸까. 오랫동안 상실에 괴로워하는 사
람은 사회성이 없고 미숙한 사람인 걸까. 그럴 리가 없
는데. 당신도 내 입장이 되면 알 텐데. 이해하긴 뭘 이해
해. 하지만 이 마음 역시 통할 수도 없고 통해서도 안 되
는 마음. 그저 한 번 더 고개를 숙일 수밖에는 없었다.

팀장에게 몇 번 더 고개를 숙이고 나와서는 소동의
당사자들에게도 고개를 몇 번이고 숙였다. 그들 역시 잘
한 것은 없다는 것을 알았는지 마찬가지로 고개를 숙였
지만, 그게 우현의 기분을 조금이라도 낫게 해주거나 하
지는 않았다.

퇴근을 하고 나서는 몇 달 동안 마시지 않고 있었던

술을 혼자 마셨다. 오랜만의 술이라 그런지 조금만 마셨
는데도 몸을 가누기 어려웠다.

"이렇게까지 최악일 수 있나."

지나가던 사람 한 명이 우현의 혼잣말에 놀라며 거리
를 뒀다.

"이렇게까지 최악일 수 있어? 해인아?"

해인은 대답이 없었다.

*

우편함에 노란색 종이가 다시 들어오기 시작한 건, 우현의 그 최악의 하루로부터 정확히 일주일이 지난 후 였다. 노란색 종이에는 아주 흐릿하긴 하지만 피읖과 지 읓, 두 개의 초성이 적혀 있었다.

"아니. 왜……."

왜 이러냐고. 이게 왜 진짜냐고. 우현은 기쁨과 절망 이 뒤섞인 탄성을 내뱉었다. 기쁨은 해인과 영영 단절되 어 버리지는 않았다는 것에서 오는 것이었고 절망은 이 번에도 저번처럼 종이는 날아왔는데 해인은 안 나타나 면 그땐 정말이지 무너져버릴 것 같아서. 아니 사람 자 체가 아예 통째로 망가져 버리고 말 거라는 확신에서 오 는 것이었다.

그러다가 또 금방 혹시라도 해인이 나의 이러한 탄식 을 듣고는 다시는 내 앞에 나타나지 않게 되지는 않을까 해서 혼잣말을 했다.

"그런 거 아니야 해인아. 좋아서 그러지. 근데 또 못 만날까 봐 조금 불안한 마음도 있기는 있어서 그러지."

근데 또 허공에 대고 혼자 떠들고 있는 게 창피해져서 얼른 헛기침을 해버리고 마는 거였다.

"아무튼……. 보고 있는 거라면. 나 걱정 많이 했어. 괜찮은 거지? 괜찮은 거면 됐어. 그래도 이번에는 꼭 나타나 줘."

그때부터 시간이 잔인하다 싶을 정도로 느리게 흐르기 시작했다. 그래도 전엔 두 달 정도는 그럭저럭 잘 버텨냈던 것 같은데. 아무래도 만나다가 못 만나게 됐으니까. 그러므로 이번에 만난다면 넉 달 만에 만나는 거니까 몇 배는 더 힘들게 다가오는 것 같았다.

나 말고 다른 사람들은 시간을 어떻게 죽일까. 토요일 낮, 우현은 소파에 누워 스스로에게 물었다. 영화를 보거나 게임을 하면서 말 그대로 '킬링 타임'을 하는 걸까. 하지만 영화도 게임도 해인이와 함께해야 더 재밌다는 걸 너무도 잘 아는데. 그러므로 그런 것들을 즐기는 와중에도 그녀를 떠올릴 것이 분명하고 내 시간은 그 순간부터 더욱 느리게 흐르기 시작할 텐데.

아니면 뭔가 새로운 걸 해봐야 하는 건가? 흔히들 말하는 '취미활동' 같은? 그렇게 생각을 이어가던 우현은 얼른 핸드폰을 꺼내 들어 후배에게 연락을 했다. 일전에 우현에게 '도대체 무슨 취미길래 그러냐'고, 그렇게 좋은 거면 같이 하자고 하던 후배였다. 그는 많은 동료들에게 취미 부자라는 별명으로 불리는 남자였다.

'그러는 정민 씨는 취미가 뭐예요?'

'ㅋㅋㅋ 선배 갑자기 연락하셔서 무슨 말씀이세요'

'그냥요. 재밌는 거 있으면 같이 좀 해보게.'

'진짜요? 갑자기? 그럼 마침 내일 진석 씨랑 낚시 가기로 했는데 선배도 오실래요? 괜찮으시면요! 일단 우리는 완전 괜찮음ㅋㅋ 낚싯대도 좋은 거 빌려드릴게요'

그래요 그럼. 우현은 다소 충동적으로 답장을 보내놓고 눈을 감았다. 그래 뭐라도 하면 조금이라도 시간이 잘 가겠지. 아닌가? 그래도 얼마 차이 안 나지만 선후임 관계인데 내가 너무 눈치 없이 낀다고 한 건가? 역시 그렇겠지. 지금이라도 다시 연락해서 아무리 생각해도 안 가는 게 좋겠다고 말해야겠다.

다음 날, 우현은 자기도 모르는 새에 낚싯대를 잡고 있는 자신을 내려다보며 얼떨떨한 표정만 짓고 있었다. 놀라울 정도로 활발한 성격인 후배가 한번 결정한 이상 그걸 무를 수는 없다고 완강하게 잡아뗐기 때문이다. 회사에서 가장 활발한 정민과 둘째가라면 서러운 진석, 둘은 우현의 양옆에 앉아서 잠시도 쉬지 않고 떠들고 있었다.

"솔직히 제가 이런 말 안 하는데 남자한테 설렜잖아요 이번에. 갑자기 이렇게 설레게 하기 있어요? 오늘 재밌으면 다음 주에도 같이 해요. 네? 낚시가 별로면 볼링도 있고 와인도 있어요. 맞는 취미 하나쯤은 있을걸요?"

그렇겠네요. 우현은 그렇게 대답하며 괜히 나왔다는 말을 머릿속으로 계속 중얼거렸다. 여기저기서 정신없게 만들어서 시간이 가는 건 가는 건데 기가 빨려서 못 살 것 같았다.

"그리고 낚시가 좋은 게. 이 맥주거든요. 고기 안 잡혀도 물 보면서 맥주 마시면 이게 힐링이죠."

후배 정민이 그렇게 말하면서 아이스박스에 담겨 있던 캔맥주를 건네왔다. 그래도 술은 언제나 반갑지. 우현은 한껏 시원해져 있는 맥주를 받아 물기를 털고 그것을 곧바로 벌컥벌컥 들이켰다. 눈가가 아플 정도로 시원한 맥주였다.

"그래서 말인데요 선배."

"응?"

"선배님 그때 한창 좋아 보였을 때요. 도대체 무슨 취미였길래 그렇게 재밌었던 거예요?"

기어코 그걸 물어보는구나. 우현은 이렇게 된 거 거짓말이라도 한 사발 풀어보자는 마음으로 말을 꺼내기 시작했다.

"사실은 말이죠."

라는 말로 시작되는 거짓말은 해인과의 이야기와 닮은 듯 다른 이야기였다. 한때. 그러니까 세상을 떠난 아내를 만나기도 전에 함께였다가 헤어진 사람이랑 최근에 다시 재결합하게 됐는데 잘 만나다가 그녀가 갑자기 자취를 감춰버렸다고. 그래서 그렇게 좋은 티를 냈던 거고 또 그래서 그렇게 갑자기 우울해진 거였다고 말했다.

"이유가 뭐라고 생각해요? 왜 갑자기 사라져 버린 걸까?"

그건 정말로 해인이 나타나지 않은 이유가 궁금해서

던지는 질문이기도 했고 어쩌면 자신의 머리 위에서 그를 보고 있을 그녀를 향한 작은 투정이기도 했다. 우현의 말을 가만히 듣고 있던 정민이 대답했다.

"기분 나빠지라고 드리는 말씀은 아니지만, 아무래도 변심일 확률이 높죠. 뭐 어쩔 수 없는 사정이 있었을 수도 있지만 보편적으로 유추해 보자면요. 그렇지 않을까요?"

우현의 오른편에 앉아 있던 진석이 맞장구를 쳤다. 맞아맞아. 여자 마음이라는 게 워낙 또 갈대 같잖아요?

해인이는 그렇게 쉽게 마음이 변할 사람이 아니라니까…….

우현은 그 말이 튀어나오려는 것을 애써서 참고 역시 그런 거겠지 하고 적당히 답했다. 다른 취미로부터 그리고 다른 사람들과의 대화로부터 이 초조함과 불안함을 달래려고 생각했던 자신이 바보였다.

그렇게 억겁에 가까운 시간이 흐르고 드디어 31일이

다가왔다. 우현은 긴장된 마음으로 피자 상자를 들고 자신의 집 일 층 현관 앞에 멀뚱멀뚱 서 있었다. 이제 확신 같은 건 할 수 없지만 우현이 생각하기론 해인이 제시한 퀴즈의 답은 '홈시어터', '피자', '파자마'였다.

언젠가 해인이 친구들과 함께 파자마 파티를 했는데 그게 무척 재밌었다는 말을 듣고는 왜 나랑은 그 파자마 파티를 해주지 않느냐며 투정을 부린 것이 발단이었다. 그때 해인은 마치 아이를 달래주듯 그랬냐며 우리도 파자마 파티를 하자며 우현을 달래줬었다. 하는 김에 파자마 입고 영화도 내내 몇 편은 보고 너 좋아하는 피자도 먹자고. 우현은 당시 자신의 그 철없음이 시시때때로 떠올라 얼굴을 붉히다가도 그게 무척 즐거웠던 추억으로 기억되고 있어 그 이후로도 한두 번은 더 해인과 둘만의 파자마 파티를 열었었다.

그래도 오늘은 나타나 주겠지. 미안해서라도 그러겠지. 그렇게 한 손으론 피자 박스를 들고 다른 한 손은 입으로 물어뜯고 있는데 저 멀리에서 딱 봐도 잔뜩 상기된 얼굴의 해인이 달려오고 있는 것이 보였다. 어떡하지 나도 뛰어가면 피자가 망가질 텐데.

"뛰지 마! 뛰지 마! 넘어져 해인아!"

우현은 마찬가지로 잔뜩 상기된 목소리로 해인에게 소리쳤다. 해인은 싫어 싫어 소리를 지르며 뛰는 것을 멈추지 않았고 그대로 몸을 던져 우현에게 안겨버렸다.

"피자 다 망가지겠다."

"지금 피자가 중요해?"

"별로 안 중요하긴 해."

우현은 거의 두 달을 계속됐던 불안과 걱정이 해소된 나머지 그 자리에 곧바로 주저앉아 해인을 향해 칭얼댔다.

"그때 왜 안 나왔어? 나 진짜 죽는 줄 알았어. 영원히 못 보게 될까 봐."

해인은 쪼그려 앉아 우현과 눈높이를 맞췄다. 그리고 말했다. 나 여기 있네.

*

"그러니까 말이야. 나도 엄청 깜짝 놀랐어. 문이 안 열리더라니까?"

해인이 열심히 피자를 오물거리며 말했다. 우현은 그런 해인의 머리를 쓰다듬으며 그랬냐고 물었다.

"잠옷은 잘 맞아? 기억하고 있던 사이즈대로 급하게 사봤는데. 거기에 있던 것 중에 이게 제일 잘 어울릴 것 같더라고."

해인은 환하게 웃으며 너무 마음에 든다고 했다. 이거 입은 채로 있으면 오늘 밤 열두 시에 저절로 가져가지려나? 그랬으면 좋겠는데.

"안 그러면 다음에 또 사줄게. 아무튼 그래서. 그래서 어떻게 됐는데?"

"문은 안 열리고 너는 저기서 울면서 나 계속 찾고 있고. 너무 슬펐지."

"그랬구나. 그냥 안 울고 집 갈 걸 그랬다."

"그건 그거대로 싫거든?"

하여간 매를 벌어요. 해인이 우현을 때리는 시늉을 했고 우현은 어깨를 잔뜩 웅크렸다. 그리곤 해인은 마치 지금 그 상황이 벌어지기라도 하는 것처럼 말을 이어 갔다. 그래서 자기도 혼자 뛰어다니는 너를 보면서 많이 울었다고. 계속해서 문을 흔들어도 안 돼서 뒤에 가서는 너에게 그만 뛰라고 소리쳤다고. 그런데 아무리 소리를 쳐도 우현이 너에겐 종이로든 소리로든 내 말이 날아가서 닿지 않더라.

"아무튼 그랬어. 그래서 나 오늘은 무슨 일이 있어도 꼭 오려고 운동까지 했다? 혹시 문 안 열리면 부숴버리려고? 팔 만져볼래?"

장난스러운 목소리와 그 목소리의 주인을 매만지는 손의 온기. 돌연히 말이 없어진 두 사람은 입을 맞추고 두 사람의 주변으로는 틀어둔 영화가 만들어내는 소리만 맴돌았다. 해인과 우현은 떨어져 있는 동안 그들을 괴롭혔던 불안과 지금 이 순간에도 소리도 소문도 없이 엄습하고 있는 불안을 이겨내려 평소보다도 훨씬 더 많이 그리고 뜨겁게 사랑을 나눴다.

해인과 나란히 누워 있던 우현이 지독한 정적을 깨고 해인에게 물었다.

"만약에 말이지."

"응."

"더는 키워드로 알아맞힐 수 없을 만큼 우리의 추억을 다 쓰고 나면, 그래서 추억할 거리가 다 고갈되면 우리는 다시는 못 만나게 되는 걸까? 그러니까 아주 만약에 말이야."

"...무슨 말인지 잘 이해가 안 되네. 나 지금 너무 졸려서."

"응. 그래. 좀 자자."

밤 열한 시였다. 불 꺼진 방에 나란히 누운 두 사람은 그렇게 아무 말도 하지 않고 뜬 눈으로 천장만 바라봤다.

"하루가 너무 빠르다."

"응."

"혼잣말이야. 자꾸 깨워서 미안."

"아니야. 안아줄래?"

우현이 돌아누워 해인을 어느 때보다도 촘촘하게 감싸안았다. 불안이 파고들 틈이 없었으면 좋겠다는 마음을 가득 담아서.

*

미세한 울적함은 여전히 있었지만 그래도 가까스로 다시 감정의 정상궤도로 돌아온 우현은 그간의 민폐를 갚기라도 하듯 열심히 회사 생활을 했고 모두에게 친절했다. 얼떨결에 시작된 '취미 도장 깨기'는 후배 정민의 주도하에 의외로 일회에 그치지 않고 계속됐다. 정민은 항상 주말이 지난 뒤에는 마치 보고라도 하듯 회사 사람들 앞에서 우현의 취미생활을 떠벌렸다. 회사에서 우현은 미끼만 던지면 사람 몸통만 한 붕어를 잡고 새끼손가락으로 15파운드짜리 볼링공을 들고 레일도 제대로 안 보고 아무렇게나 던져도 스트라이크를 펑펑 터뜨리는 사람이 되어 있었다. 제발 그러지 말아 달라는 우현의 부탁은 처참히 짓밟혔다.

그렇게 너무 과장도 심하고 떠벌리기를 좋아하는 정민 탓에 얼굴을 붉힐 때가 많아졌지만 그래도 한편으론 고맙기도 했다. 몇 년 동안 회사에서 은은하게 겉돌고 있었던 우현을 친구로 받아들여 주는 사람이 한두 명씩 생기는 기분이 그다지 나쁘지 않았기 때문이다.

그날도 월요일 아침을 맞아 한바탕 수다가 오갔다. 사람들은 어느새 정민이 신이 나서 떠들고 우현이 얼굴을 붉히는 것을 보는 것을 즐기고 있었다.

　　"선배는 아마 숟가락으로 탁구를 쳐도 나보다 잘 칠 거예요."

　　"적당히 해라."

　　우현은 그렇게 피식 웃으며 시선을 옮기다가 문득 동료 여자 직원인 경원과 눈이 마주쳤다. 경원은 그가 자신과 눈을 마주치기를 기다리고 있었다는 듯이 손가락으로 자신의 핸드폰을 가리키는 제스처를 그에게 보여주었다. 저게 무슨 말일까. 전화를 달라는 건가 아니면 핸드폰 좀 보라는 건가. 할 말이 있으면 그냥 와서 말 걸면 될걸. 귀찮게.

　　그렇게 우현이 자신의 핸드폰을 열어보니 거기엔 이미 경원이 보내놓은 문자 메시지가 있었다.

'이따가 점심때 밥 같이 먹어요. 둘이서.'

아. 우현은 경원이 보내온 메시지를 읽고는 자신도 모르게 작은 탄식을 내뱉었다. 잠시 잊고 있었던 기억이 떠오르기 시작했다.

두 사람 사이에는 아주 잠깐 미묘한 기류가 흐른 적이 있었다. 해인이 세상을 떠나기 전, 그리고 해인이 자신이 죽을병에 걸렸다는 것도 알아채기 전의 일이었다. 당시 대학생 인턴으로 회사에 들어와 있었던 그녀를 우현은 우연히 회사 바깥에서 마주쳤었다. 그리고 그녀가 잃어버렸던 지갑을 찾아줌으로써 가까워지기 시작했다. 경원은 우현을 직장 선배 이상으로 마음에 두기 시작했고, 우현 역시 해인과 연애 중이긴 했지만 내심 그녀를 신경 쓰고 있었고 그녀의 귀엽고도 도발적인 접근을 우현은 적극적으로 밀어내지는 못했었다.

하지만 해인이 이겨내기 힘든 병에 걸려버렸다는 것을 깨달으며 자신이 잠시라도 흔들렸다는 것에 죄책

감을 느끼고 서둘러 그녀와의 관계를 정리한 것이었다. 이후에 우현은 해인과 부부가 되었고 짧은 결혼 생활 후에 해인을 먼저 세상에서 떠나보내게 되었던 거고.

해인과 결혼하게 된 시점부터 시작해 해인을 떠나보낸 이후로도 줄곧 경원이 자신을 더는 이성으로 보지 않을 것이라고 생각했다. 하지만 갑자기 이게 무슨 일인가. 그것도 여럿이서 밥을 먹는 것도 아니고 둘이서 먹자니…….

하긴 엄밀히 따져보면 우현이 경원과 남자 대 여자로서 맺어지는 것은 누군가가 보기엔 그다지 이상하거나 잘못된 일은 아니었다. 우현은 한때 누군가를 깊이 사랑한 적이 있었고 그 사람과 결혼까지 했으나 지금은 그 사람을 세상에서 떠나보낸 뒤 얼마간의 시간을 흘려보낸 상황이었다. 그리고 현재 다른 사람들이 보기에는 새로운 사람을 만나고 있지는 않았다. 또 경원은 한때 우현에게 마음을 품었으나 우현의 사정으로 인해 마음을 접어야 했고 이제는 그런 우현의 상황이 다시금 크게 바뀌었다. 무엇보다도 누구와도 사랑할 수 있을 만큼 매력

적인 여성이었다.

그래도 그렇지. 말하지 못할 사정이라는 게 나한테는 이만큼이나 있는데. 사람들은 이제 아니라고 생각하지만 난 여전히 해인과 함께인데. 이를 어쩐다. 무엇부터 어떻게 설명해야 하는 걸까. 우현은 잠깐 숨을 고르고 경원에게 답장을 보냈다.

'괜찮아. 먹지 말자.'

'뭐가 괜찮아요?'

'아무리 사별한 유부남이긴 하지만 유부남은 유부남이야.'

그건 경원이 아닌 다른 여성들을 완곡하게 밀어낼 때도 몇 번은 우려먹었던 레퍼토리였다.

'그러지 말고 한 번만요.'

유부남 레퍼토리가 안 통하나. 이를 어쩐다. 그때 경원이 메시지를 한 통 더 보내왔다.

'회사에서 할 이야기는 아니라서 그래요. 선배가 생각하는 그런 거 아니에요.'

'그런 게 뭔데?'

'아무튼 밖에서 봐요. 조용한 곳일수록 좋으니까 이번에 크게 오픈했다는 그 중식집이 좋겠어요.'

우현은 그런 게 아니라면 과연 왜 경원이 자신과 식사하길 원하는지. 아니 애초에 그런 것이란 무엇인지. 무엇 하나 명확하게 알 수 있는 것이 없어 오전 내내 찝찝한 마음으로 일할 수밖엔 없었다. 마침내 열두 시가 되었고 고참급 직원 한 명이 열두 시가 되자마자 사무실 안의 모두를 향해 식사 맛있게 하라는 말을 외쳤다. 가만히 앉아 일하던 사람들이 그제야 식사 맛있게 하세요, 라고 그의 말에 답했고 각자마다 앓는 소리를 내기 시작했다. 사실 점심시간이 되기 삼 분 전부터 우현은 경원만을 보고 있었다. 경원은 열두 시가 되자마자 다른 누구와도 인사를 주고받지 않고 곧바로 일어서서 가장 먼저 사무실을 나섰다. 문을 열기 전에는 자신이 있는 쪽을 아주 잠깐 쳐다본 건가 싶었지만 분명하지는 않았다.

아마 그녀가 말한 그 중식당으로 향하는 것이리라. 우현 역시 얼른 옷가지와 지갑을 챙기곤 그곳을 나섰다. 그 중식당은 회사로부터는 조금 걸어야 하는 곳에 위치해 있었으므로 밥도 먹고 대화도 나누려면 게으름을 피워서는 안 될 것 같았다.

경원이 빠른 걸음으로 발걸음을 옮기고 우현은 그녀에게 가까워지지도 못하고 멀어지지도 못한 채로 엉거주춤 그녀를 따라갔다. 그렇게 겨우겨우 중식당에 도착해 문을 열고 들어가니 저 안쪽에서 경원이 그를 향해 웃으며 손을 흔들고 있었다. 우현은 그렇게 쌩 나가버리더니 이제는 또 저렇게 살갑게 웃는 경원을 보며 쟤도 참 재답다고 생각했다.

경원은 탄탄면을, 우현은 중국식 볶음밥을 주문했다. 우현이 뜨끈하게 데워진 식전 차를 한 입 마시고는 곧바로 그녀에게 물었다.

"그래서. 여기까지 와서 할 이야기라는 게 뭔데?"

"음, 아직이요. 밥 먹기 전에 하면 체할 거 같아서요. 일단 밥부터 맛있게 먹고 이야기하죠."

우현은 그런 것을 잘 물어보는 성격은 아니었지만, 그래도 있는 모든 용기를 쥐어짜 이렇게 물었다.

"아직 나한테 마음 있다거나 그런 건 아니지?"

경원은 우현의 말을 듣더니 싱긋 웃으며 대답했다.

"있으면 이제는 받아줄 거고요? 아쉽게도 이번엔 그게 아니고요. 선배에 관한 이야기. 일단 먹고 얘기해요."

마침 시의적절하게 주문한 음식이 둘의 앞에 놓였고

조용히 식사를 했다. 우현은 정확히 무엇인지는 아직 모르긴 몰라도 아무튼 조금 전까지 자기가 경원의 의도를 착각하고 있었다는 것이 민망해서 재능도 없는 시시콜콜한 농담을 경원에게 몇 번 건넸다. 경원은 속을 알 수 없는 미소를 지으며 그때마다 고개를 끄덕였다.

그릇이 다 비워진 것을 확인하고 우현은 식전 차로 내어주었던 차를 조금 더 가져다주기를 청했다. 그리곤 다시 경원에게 말했다.

"자 이제 진짜 말해봐."

경원은 조금 전까지의 편안했던 표정은 간데없이 긴장된 표정을 지어 보이고 있었다.

"그게요."

"뭐가 됐든 이제 그냥 화끈하게 말해달라니까. 궁금해서 못 참겠다."

"대부분은 선배가 의외로 재밌고 좋은 사람이라고 생각하고 있는데요. 근데 몇몇 사람들은 선배가 좀…….
아픈 게 아닌가 생각하고 있는 것 같아서요."

　"내가 아파?"

　우현은 내가 요즘 그렇게 안색이 안 좋아 보이나 싶
어 핸드폰으로 자신의 얼굴을 보았다. 확실히 이틀 면도
를 미룬 것도 있고 머리도 예쁘게 말리지는 않은 상태
였지만, 그렇다고 해서 병에 걸린 사람처럼 아파 보이는
얼굴은 아닌 것 같았다. 그런데 한 명도 아니고 여러 명
이 나를 아픈 사람으로 생각한다니. 이게 무슨 말인가.
우현은 경원이 하는 말을 하나도 이해할 수가 없게 되어
그녀에게 설명을 재촉했다. 그게 무슨 소리냐고. 경원은
'일단 저는 선배 편이에요'라고 말하고는 천천히 이야기
를 하기 시작했다.

　회사 사람 중 누군가가 거리 위에 혼자 있는 우현을
봤다고 했단다. 어느 날 약속이 있어 번화가 쪽을 걷는
데 혼자 멍하니 어딘가를 응시하며 앉아 있는 우현을 봤

다고. 그가 봤던 우현은 그렇게 어딘가로부터 잠시도 시
선을 떼지 않고 있다가 돌연 웃기도 했다고 했다. 그러
더니 그 자리를 박차고 일어나 손뼉을 치고는, 앞으로
몇 발짝을 걸어 나가고는 주머니에서 음료수를 한 캔 꺼
냈다고. 그리곤 뜬금없이 그것을 앞으로 내미는 동작을
취하고는 혼자 뭐라고 중얼거리는 듯하더니 그 음료수
를 땅에 떨어뜨려 버렸다고. 캔 음료수가 깡 소리를 내
며 바닥을 나뒹구는 바람에 주변 사람들이 잠깐 우현을
쳐다보긴 했지만, 곧 제정신이 아닌 사람을 보기라도 한
것처럼 그의 주변으로부터 얼른 멀어졌었다고. 우현은
사람들의 그런 시선은 신경도 안 쓰고는, 다시 허공의
누군가와 대화하는 척을 하면서 어딘가로 걸어가고 말
았다고.

경원이 들려주는 이야기를 들으며 가장 당혹스러움
을 느끼는 쪽은 다른 누구도 아닌 우현 본인이었다. 그
건 우현과 해인이 아닌 사람이 거의 처음 들려주는 우현
과 해인, 아니 어쩌면 우현 혼자만의 이야기였다.

"또 누구는 선배가 종일 자기 사는 동네를 소리 지르

면서 뛰어다니는 걸 봤대요. 그런데 제가 생각해도 상식적으로 누군가를 찾아 헤맨다고 해도 몇 시간 동안 그러는 사람은 없을 것 같거든요?"

급격하게 목이 마르게 돼버린 나머지 뜨겁게 내어온 차를 벌컥벌컥 들이켰다.

"어떻게 된 거예요? 선배?"

우현은 경원의 걱정 어린 표정을 보고는 얼른 하하 웃어 보였다. 그리곤 이렇게 말했다.

"뭐야. 그날 말하는 건가 보네. 그때 내가 누굴 좀 기다리고 있었거든. 나를 본 사람이 누군지는 모르겠지만, 그건 못 봤나 보다. 그때 나 무선 이어폰 끼고 있었어. 통화 중이었거든. 그러다 좀 진지한 이야기를 해야 해서 넋을 놓은 채로 앉아 있었던 거고. 그 깡통은 그냥 빈 캔이었는데 쓰레기통에 버리기 귀찮아서. 그러면 안 되는데……. 그런데 내가 이런 것까지 다 설명해야 하는 건가?"

경원은 표정으로 미루어보아 완전히 의심을 거둔 것으로는 보이지 않았다. 하지만 우현이 필사적으로 해명하는 것을 듣고는 애써 웃어 보이며 이렇게 말했다.

"역시 그런 거죠? 난 혹시라도 걱정돼서요. 사람들도 선배 이상하게 생각할까 봐. 그런 거면 됐어요. 누가 다시 이상한 소리 하면 그땐 내가 지켜줘야겠다. 그럼 선배, 저 요 앞에서 뭐 사야 할 거 있어서 먼저 일어나볼게요. 계산은 내가 해요!"

우현은 마찬가지로 웃으며 그래 잘 먹었다고 먼저 가보라고 말하며 손을 흔들었다. 그리곤 경원이 식당을 나가는 것을 확인하자마자 비명에 가깝도록 터져 나오는 거친 호흡을 주체하지 못했다.

저게 다 무슨 소리인가. 해인은 완벽하게 사람의 형태로 나타난 게 아니었던 건가. 나를 비롯한 모두에게가 아니라 나에게만 보이는 해인이었던 건가. 그럼 나는 그간 혼자 이렇고 저런 데이트를 하는 사람이었던 걸까.

가쁜 숨을 진정시키며 생각을 시작했다. 이제야 맞춰지는 퍼즐 같은 것들이 있었다. 놀랍도록 예쁜 모습, 놀랍도록 예쁜 목소리로 노래를 부르는 해인에게 사람들이 놀랄 만큼 관심이 없었던 것도, 호수공원의 관리자 같은 사람들이 자꾸만 자기를 이상한 눈빛으로 쳐다봤던 것도. 그래서였어? 그저 해인이 보이지 않아서? 나만 그녀를 볼 수 있고 나만 그녀와 대화하고 있었어서? 그래서 그 모습이 미친 사람처럼 보였던 거야? 나는 해인이와 더없이 행복하기만 했었는데, 사람들이 보기에 나는 줄곧 혼자였던 거야?

경원이 식당을 나선 뒤에 얼마나 그곳에 혼자 더 앉아 있었던 걸까. 어느덧 점심시간이 거의 다 끝나가고 있었으므로 우현은 서둘러 회사로 돌아가야 했다.

"아니야. 아니야. 그래도 변하는 건 없어. 나는 해인이를 사랑하고 해인이는 나를 사랑해. 사람들에게 보이진 않더라도."

그거면 됐어. 그거면 됐어. 우현은 그 한마디를 속삭

이며 계속해서 걸었다. 누군가가 그런 우현을 정말로 이상한 사람처럼 쳐다봤고 우현은 그 시선을 느끼자마자 입을 합 다물어야 했다.

그냥. 기분이 좀 이상했다. 쓸쓸했다.

*

　우현의 집에서 잠옷을 입고 피자를 먹으며 영화를 본 날, 그날로부터 두 달에 가까운 시간이 흐르는 동안, 우현의 집 우편함에는 평소와는 다르게 단 한 장의 종이만이 날아들었다. 평소였으면 못해도 세 장은 됐었는데. 그리고 평소의 그였다면 그 세 장도 부족하다고 생각할 법도 했을 텐데 이번에는 아니었다. 한 장만으로도 해인이 무엇을 말하고 있는지 다 알 수 있었다.

　비읍. 디귿.

　아주 희미한 선으로 그려진 두 개의 초성은 정확히 '바다'를 말하고 있었다. 누군가는 반달이라고 생각할 수도 있었을 것이고 다른 누군가는 분당, 법당이나 부두로 읽을 수도 있었겠지만 그건 우현과 해인에게만은 너무나 당연하게도 바다였다.

　그건 정말이지 당연한 것이었다. 둘 중 한 명이 마지막 숨을 뱉은 곳, 그리고 두 사람이 기어코 이별을 맞은 곳이 그 바닷가였으니까.

하지만 단 하나의 단서만 갖고도 해인의 의도를 알아
맞힌 우현은 좀처럼 기뻐할 수 없었다. 지난 여러 일로
더없이 심란하기만 했기 때문이다. 점점 흐려지는 글자
들과 나타나지 않았던 그녀. 알고 보니 그에게만 보이고
있었던 그녀의 형체 같은 것들.

하지만 그녀를 향한 사랑은 여전했기에. 그리고 그녀
를 만나고 싶다는 마음만은 한 번도 사라진 적이 없었기
에 우현은 31일의 아침이 밝자마자 부지런히 채비를 마
치고 차에 올랐다. 우현과 해인이 있었던 바다는 만만하
게 갈 수 있는 서해가 아니고 강원도를 건너야만 겨우
닿을 수 있는 곳이었으므로 서둘러 차를 몰아야 했다.
웬만하면 차가 막히기 전에 그곳에 닿고 싶었다. 그곳에
서 혹 어떤 슬픔이 그를 기다리고 있다고 할지라도 기꺼
이 감수할 테니 얼른 해인을 만나고 싶었다.

그래도 한 번은 가본 길이라고 운전은 그다지 어렵
지 않았다. 자신도 모르는 새에 한 손으로 핸들을 쥐고

다른 한 손은 창가에 걸쳐둔 채로 멍하게 운전하고 있었다.

그날. 해인과의 마지막 날을 생각했다. 해인의 신음과 빨간 피, 누구의 것인지도 알 수 없을 정도로 서로 동시에 흘려댔던 눈물과 끊어질 듯 희미하게 주고받았던 목소리와 그 목소리를 시도 때도 없이 잡아먹었던 파도와 바람 소리 같은 것들. 그 한가운데에서 희미하지만 분명하게 주고받았던 사랑한다는 한마디까지.

어쩌면 기억이라는 게 이토록 온전하게 남아 있을 수 있는 걸까. 참 아픈 기억인데. 아주 조금이라도 희미해져도 괜찮았을 텐데. 차 바퀴가 무거워진 건지 자기 마음이 무거워진 건지. 우현은 억지로 더욱 힘껏 액셀을 밟아야만 했다.

우현과 해인이 마지막을 함께한 해변은 인적이 드문 곳이었다. 조금 더 경관이 좋은 곳이었다면야 좋았을지 모르지만, 해인의 몸 상태가 더는 받쳐주지 못했기에 급하게 내린 곳이 바로 그 허름한 해변이었던 것이다.

이쯤이었던가. 아닌가. 오 분쯤 더 가야 했었나. 해
변을 끼고 뻗어 있는 도로를 달리며 우현은 자꾸만 바
다 쪽을 흘겨보았다. 혹시라도 서로의 기억이 맞지 않
아 엇갈리게 되어버리면 큰일이었다. 만약 이번에도 해
인을 못 보게 된다면, 어쩐지 이후로는 영영 그녀를 못
보게 될 것 같다는 막연한 직감 같은 것이 있었기 때문
이다.

그때 저 멀리에 하얀 사람의 형체가 서 있는 것이 보
였다. 형체는 너무도 멀리에 있어 손톱보다도 작게 보
이고 있었지만 그 조그만 형체만으로도 우현은 그게 해
인이라는 것을 단번에 알 수 있었다. 원래 사랑하는 사
람이라면 아무리 멀리에 있어도 다 알아볼 수 있는 법
이니까.

갓길에 차를 세워두고는 얼른 그 형체가 서 있는 곳
을 향해 부지런히 발걸음을 옮겼다. 그리고 그 형체에
가까워질수록 우현은 터져 나오는 울음을 주체할 수 없
었다. 그 형체. 해인이 입고 있던 하얀 옷은 다른 옷이
아니라 두 사람이 그들만의 작은 결혼식을 올렸던 날에

그녀가 웨딩드레스 삼아 입었던 희고 수수한 원피스였기 때문이다. 왜 하필 오늘 같은 날 이런 곳에서 그 옷을 입고 나와. 왜······.

하지만 또 한편으로는 그 모습이 너무도 눈부셔서 계속 넋을 놓고 바라보고만 싶기도 했다. 결혼식을 올릴 때는 해인의 병세가 나빠질 대로 나빠졌을 때였기에 어쩔 수 없는 초췌함이 있었지만 다시 그 옷을 입은 지금의 해인은 너무나도 생기가 넘치는 아름다운 모습을 하고 있었으니까.

얼른 감정을 추스르고. 눈가와 얼굴에 남아 있는 모든 눈물을 닦아내고 해인의 뒤로 다가가 그녀를 불렀다. 해인은 우현의 목소리를 듣자마자 그를 향해 뒤돌아서고는 평소보다도 밝은 표정으로 그에게 달려와 안겼다. 우현 역시 '드디어 만났다!'라고 소리 지르며 그녀를 꽉 껴안았다.

우현도 그런 해인을 안은 채로 몇 번이고 그 자리에서 폴짝폴짝 뛰었다. 그토록 아픈 추억의 장소로 기억되고 있었던 해변에 다시 해인과 함께. 심지어 아파하지 않는 해인과 함께 웃으며 껴안고 있다니. 이게 현실이라니. 여전히 믿기지 않았다.

"진짜 너야? 해인아? 이거 옷은 뭐야? 그때 그 옷이야? 이렇게 예뻤나?"

"진짜 너냐니 그게 무슨 말이야. 이제 좀 익숙해져라. 응. 예쁘지? 나 지내는 데에 옷장 같은 게 있기에 봤더니 이게 있지 뭐야? 이 옷이 왜 거기에 있었는지 그런 건 잘 모르겠는데 냅다 입고 왔어. 사실 내 옷이 아니었다고 해도 이젠 몰라. 입고 와버렸는데 어떡해."

"네 거 맞아. 내가 알아. 네 거 아니면 이렇게까지 어울릴 수가 없어."

자꾸 느끼하게 그럴래? 진짠데 어떡해. 파도와 바람 소리를 뚫고 그보다도 더 큰 두 사람의 목소리와 웃음소리가 사방으로 향하기 시작했다.

하지만 이내 두 사람은 서로의 눈웃음과 목소리가 실은 과장된 그것이었음을 너무도 명확하게 깨닫고는 아무 말도 하지 않고 서로만을 바라볼 뿐이었다.

우현은 생각했다. 내가 그간 미묘한 시간을 보내왔던 것처럼 해인이 역시 머무는 곳에서 많은 생각을 했겠지. 내가 외로워하고 울적해했던 만큼, 어쩌면 그보다도 몇 배는 더 해인이는 슬프고 고독했겠지. 내가 있는 곳에는 나 말고도 누군가가 있기는 있었지만 해인이가 있는 곳에는 해인이뿐이라고 했었으니까.

또 어쩌면 내가 예감한 슬픈 장면을 해인이도 비슷하게 그려냈을지도 몰라. 그렇게 생각하니 우현은 그 어색함을 더는 견딜 수가 없어져서 애써 높은 목소리로 해인에게 말을 걸었다.

"오늘은 뭐 하고 놀까? 자기야?"

우현의 말을 들은 해인은 우현의 한쪽 손을 두 손으로 잡고는 매달리는 동작을 그에게 보여주며 대답했다.

"글쎄. 그냥 바다 놀러 오면 보통의 연인이나 부부들이 하는 데이트 그대로 할까? 칼국수도 먹고 불꽃놀이도 하고?"

너무 좋지. 우현은 해인의 손을 꽉 움켜쥐고 해인과 함께 자신의 차로 향했다. 칼국수를 먹든 불꽃놀이를 하든 조금 더 움직여야만 그런 것들을 파는 곳이 보일 것 같았다.

"이왕 먹는 거 맛집이 있으면 좋을 텐데."

우현이 그렇게 말하며 차에 시동을 걸었다. 그의 말을 들은 해인이 곧바로 고개를 가로저으며 대답했다.

"나는 맛있는 것보단 아무도 없는 곳이 좋아. 사장님도 음식만 툭 던져주곤 다시는 우릴 거들떠보지 않는 무심한 곳. 오늘은 그러고 싶어. 우리 둘만 있는 곳이 아니면 싫어."

그래? 별일이네. 늘 분위기보단 맛이 우선이었던 넌

데. 우현은 잠깐 그렇게 생각했지만. 이내 갑자기 눈물이 핑 돌아버려서 어쩔 줄을 몰랐다. 혹시 해인이가 그때 나와 경원이 나눴던 대화를 들었던 걸까. 더는 내가 사람들에게 이상한 사람으로 보이길 원치 않아서. 어쩌면 그래서 이렇게 말하는 걸까. 싶어서.

두 사람은 해인이 원했던 대로 아주 조용하고 적당히 맛없는 식당에서 칼국수를 먹었다. 그리곤 바다를 정처 없이 걷기 시작했다. 불꽃놀이를 파는 곳은 없었으므로 둘이 할 수 있는 일은 걷는 일뿐이었다.

똑같은 디자인의 옷을 입고 해변을 거니는 연인들과 가족 단위로 바다를 찾아온 사람들을 지나쳐 둘은 점점 인적이 드문 곳으로 접어들고 있었다.

"저 사람들 보니까 꼭 그때 생각난다."

해인이 뒤를 돌아보곤 커플 티셔츠를 입은 연인을 응시하며 말했다.

"언제?"

"기억 안 나? 우리 만난 지 얼마 안 됐을 때. 그때도 한 번 바다 간 적 있었잖아. 당일치기이긴 했어도."

"그랬었나? 근데 그때가 갑자기 왜?"

"그때 내가 우리도 커플 티셔츠 입자고 막 떼썼었거든."

"아 기억난다. 그래서 바다에 있는 내내 싸웠었지."

"응. 그래서 그때 내가 그렇게 말했었어. 넌 똑같이 생긴 옷 하나 같이 입어줄 수 없을 정도로 사랑을 표현하지 못하는 사람이라고. 네 마음속에 사랑이 있기는 있는 건지 잘 모르겠다고."

아. 그랬었지. 우현은 그날을 떠올리며 일순 얼굴을 붉히기 시작했다. 그건 정말이지 잊고 싶은 순간이었기 때문이다. 어쩌면 너무나도 잊고 싶어 했었기에 지금껏 그날을 까맣게 잊고 있었는지도 모르겠다고 생각될 만큼.

"그 얘기는 그만!"

우현의 말에도 아랑곳하지 않고 해인은 웃으면서 말을 이어갔다. 우현이 해인의 입을 막으려 하자 그녀는 해변을 달리면서 부지런히 입을 움직이기 시작했다.

"그래서 그때 네가 뭐랬어. 울먹이면서 뭐랬어. 너 말이 너무 심하다고 했었지. 네가 내 사랑에 대해서 뭘 아냐고. 내 사랑은 이 세상에서 제일로 큰 사랑인데 고작 티셔츠 따위랑 비교를 하냐면서."

결국엔 펑펑 울기 시작했지. 그래서 내가 화를 내다 말고 너를 안아줬어. 그래그래 네 말이 맞다고 말이야. 네 사랑이 세상에서 제일 큰 사랑이라고. 지금 이 순간 너의 사랑이 가장 크다고. 앞으로도 더 클 순 없을 거라고. 해인은 그렇게 말하며 당시의 울먹였던 우현의 표정을 따라하기 시작했다.

"아. 하지 말라고. 근데 그땐 정말 서러웠어."

"또 울게?"

"아니라고!"

"우현이는 나이가 들수록 귀엽네. 아무튼 내가 그때 이후로 다른 장난은 다 쳐도 사랑에 관한 장난은 안 치잖아. 여전히 그때의 사랑이 세상에서 가장 큰 사랑이었다고 생각해?"

"아니. 그걸 말이라고. 당연히 그때가 아니라 지금의 사랑이 더 크지. 죽음도 극복한 사랑인데."

그러자 해인이 부쩍 쑥스러운 표정을 지었다. 생각해 보면 참 신기한 일이었다. 때로는 아직도 믿기지 않는 일이었다. 해인은 분명 한 번 죽은 몸이었다. 그런데 어떻게 이렇게 다시 그녀가 그의 앞에 나타날 수 있었던 것이며 또 어떻게 이만큼이나 더 사랑을 깊게 만들 수 있었던 걸까. 죽음을 앞둔 순간 나와 너 사이의 사랑보다 더 깊은 건 있을 수 없다고 믿었었는데.

우현이 물었다.

"우리는 어떻게 다시 만날 수 있었던 걸까?"

"응?"

"그냥. 새삼스럽게 궁금해져서. 생각해 보면 세상의 모든 연인들은 다 애틋할 텐데. 그리고 슬프지 않은 죽음도 없을 텐데. 왜 하필 우리에게 이런 마법 같은 일이 일어났던 걸까?"

해인이 발걸음을 멈추고 잠깐 곰곰이 생각하는 듯하더니 웃으며 대답했다.

"사랑이 강했기 때문이야."

우현이 의아한 표정을 지었다. 사랑이 강했기 때문이라고?

"헤어진 후에도 네가 날 찾았고 나도 널 원했기 때문

이야. 그래서 서로를 원한다고 세상 밖으로 외쳤기 때문이야. 우리가 서로를 향한 사랑을 외치지 않았다면 난 너에게 닿지도 못했을 거야. 그러지 않았겠어?"

"맞는 말이네. 누가 이렇게 똑똑한 말만 골라서 해?"

해인이 익살스럽게 웃으며 늘 그랬듯 손가락 두 개를 펼쳐 브이를 그려 보였다. 하지만 우현은 해인을 따라서 웃어 보일 수 없었다. 그러면 안 된다고 생각은 하는데 얼굴 근육이 따라주지를 않았다. 오히려 조금씩 일그러지기만 할 뿐이었다.

"우리 안 헤어지면 안 돼?"

해인은 대답이 없었다.

"나 알 것 같아. 근데 알기 싫어. 우리 이제 안 헤어지면 안 돼? 두 달 말고 일 년도 기다릴 수 있으니까 다시 나타나 주기만 하면 안 돼?"

"우리 아가가 왜 이렇게 떼를 쓸까."

"아니 그러면 그냥……. 오늘 이렇게 왔다가 다시 안 돌아가면 안 돼? 밤 열두 시에 같이 물속이라도 들어가서 숨이라도 참고 있으면 안 사라지지 않을까?"

"안 돼. 아마 그런 것도 안 통할 거야."

해인은 어느새 어깨를 들썩이며 울고 있는 우현을 안아주며 말을 이어갔다.

"나도 당연히 가기 싫지. 영원히 네 곁에 있어 주고 싶어. 그런데 그건 안 된다더라. 더이상 너를 만나면 너한테도 좋지만은 않을 거라고 하더라. 세상 누가 자기가 사랑하는 사람이 잘못되는 걸 보고만 있겠어."

"나 좀 잘못돼도 돼. 몸도 튼튼해서 아프게 돼도 잠깐 아프고 말 거야."

"그래도 안 돼. 사실 우현이 너도 알고 있잖아. 세상 사람들이 너를 이상하게 여겼던 거, 이제는 어렴풋이라도 알고 있잖아. 계속 이대로 가다간 아마 우린 점점 더 우리만의 세계에 갇혀버리고 말 거야."

"난 그것도 좋은데……."

"내가 안 돼. 우현이 넌 아직 젊고 시간도 많이 남았으니까. 더 건강하게 오래오래 있어야지. 날 위해서라도."

"다시 오진 못하는 거야?"

해인이 작게 고개를 끄덕였다.

"응. 나 여기로 보내준 사람이 그랬어. 한 번이라도 더 여기로 넘어오면, 그 이후로는 나의 존재 자체가 소멸될지도 모른대. 몸은 이미 죽었지만 영혼이라도 이렇게 남아 있었는데. 그 영혼조차도 타서 없어져 버리고 마는 거야. 우현이 너도 내가 아예 없어져 버리는 건 싫지 않아?"

"당연하지."

"그리고 그동안 우리 좋았지? 더는 옛날처럼 미안해하지도 서운해하지도 후회 같은 거 하지도 않았지? 사랑만 했었지?"

"당연하지."

"그럼 된 거야. 나 일 년 동안 너무 행복했어 우현아. 다시는 네 꿈에 나타나지 못해도 좋을 만큼."

"꿈에?"

"응. 내가 너무 자주 여기로 왔다 갔다 하는 바람에 포인트 같은 걸 다 써서, 그 누구의 꿈에도 나타날 수 없대. 야박하지? 그래도 난 괜찮아. 후회는 없어. 너랑 몇 번이나 다시 만날 수 있었는데 꿈이 뭔 소용이야. 너도 괜찮지? 나 우현이 꿈에 안 찾아가도 괜찮지?"

"괜찮아. 네가 영원히 사라져 버리는 것만 아니면 다

괜찮아."

네 존재 자체가 영원히 소멸하는 게 아니라 어딘가에 있기는 있다는 것만으로도 괜찮다고. 그래서 오랜 시간이 걸리더라도 언젠가는 너를 다시 만나러 갈 수 있다면 그걸로 좋다고. 우현은 말하며 눈물을 닦고 작게 웃어 보였다. 우현 역시 마지막 순간에만큼은 해인에게 슬픈 얼굴을 보여주고 싶지 않아서. 그래야 해인도 너무 아프지 않게 돌아갈 수 있을 것 같아서 억지로 눈물을 참으며 입으로만 싱긋 웃었다.

"그러면 조금만 더 걸으면 안 돼? 이제 떼는 안 쓸게."

"물론이지. 자기랑 함께라면 걸어서 부산까지도 갈 수 있어."

해인이 웃으며 대답하곤 우현의 손을 꼭 잡고 우현과 나란히 걷기 시작했다. 우현도 마찬가지로 해인의 손을 꼭 잡았다. 어쩌면. 아니 정말로. 해인과의 마지막 순간이 다가 오고 있다고 생각하니 저절로 손에 힘이 들어가고 있었다.

두 사람은 세상이 끝날 때까지 걷기만 할 것처럼 계속해서 해변을 걸었다. 더는 걸을 수 없는 막다른 길을 만나면 뒤를 돌아서 걸어온 길을 돌아갔다. 그리고 반대편 끝에 다다르면 다시 뒤를 돌아 다시금 그 길을 처음인 것처럼 걸었다. 똑같은 횟집 간판을 열 번은 보고 있는 것 같았다. 해인이 회도 맛있었겠다고 말했고 우현은 다음에 꼭 같이 먹자고 대답했다. 해인은 대답하지 않았고 우현은 힘없이 웃기만 했다. 물놀이를 하는 어린아이와 가족들, 연인들의 모습이 시시때때로 달라질 만큼 두 사람은 오래 걸었다.

해가 지려는 모양이었다. 하늘이 금빛으로 물들기 시작하고 더 멀리에서 빨간 태양이 바다를 향해 내려오고 있는 것이 보였다. 해인이 몇 번이고 오가던 모래사장 위에서 돌연 발걸음을 멈췄다. 우현은 그것을 무시하고 계속 앞으로 걸으려다가 그만 멈춰 선 해인의 손과 자신의 손이 팽팽해지는 것을 느끼곤 마찬가지로 멈춰 서서 깊은 한숨을 쉬기 시작했다. 해인의 목소리가 들려왔다.

"이제 진짜 갈 시간이야."

한 걸음 앞서서 서 있던 우현이 고개를 돌려 해인의 얼굴을 바라보았다. 해인은 웃고 있었다. 하지만 눈물 역시 흘리고 있었다. 금빛으로 물든 예쁜 눈물이었다.

"아직 해도 다 안 졌는데. 열두 시 되려면 멀었는데. 그래도 떼쓰면 안 되겠지?"

"안 되지. 자꾸 어린애처럼 굴래?"

우현은 고개를 가로저으며 작게 미소 지었다. 그 미소 뒤로는 당장이라도 울음이 터져나올 것 같았지만 어떻게든 참아야만 했다. 너무나도 슬픈 것이 사실이었지만 그래도 두 사람의 이별은 세상에서 가장 아름다워야만 했다. 먼 길을 떠나갈 해인에게 그 정도 선물쯤은 해 주고 싶었다.

"그래. 가자. 그런데 해인아."

"응."

"그⋯⋯."

말이 나오지 않았다. 목소리가 나와야 하는데 자꾸 먹먹한 울음소리가 튀어나올 것 같았다. 그 바람에 몇 번이고 침을 꿀꺽 삼켜야 했다. 우현은 그렇게 겨우 한 마디를 뱉어낼 수 있었다.

"나 마지막으로 안아줄래 해인아?"

"응. 당연하지."

그렇게 해인이 우현에게 다가와 우현의 품에 폭 안기고 우현은 해인의 어깨를 감싸 안으려는 그 순간이 우현의 시각을 비롯한 모든 감각에 아주 느리고도 고스란히 기억되고 있었다. 다시는 못 볼 장면이었다. 다시는 못 품어볼 감촉이었다. 이 사람이 품 안에 결국 온전히 들어오고 나면 나는 절대 그녀를 놓아주지 않을 것처럼 꼭 붙들어야지. 시간이 허락하는 만큼 그렇게 한 몸이라도 된 것처럼 안고 있어야지.

　그렇게 다짐하며 그녀를 품으려던 그때. 해인의 등과 허리에 우현의 팔과 손이 막 닿으려던 그때. 눈 깜빡할 사이에 금방이라도 만져질 듯했던 해인의 모습은 어디에서도 찾아볼 수 없게끔 말끔하게 사라져 버리고 말았다. 우현은 해인의 작은 몸 대신 자신의 어깨와 팔뚝만을 스스로 껴안고 있었다.

　갔다. 정말로 가버렸다.
　마지막 인사조차 허락되지 않다니.
　한 번이라도 안아보고 보냈다면 나았을 텐데.

　우현이 그제야 참고 있던 울음을 터뜨렸다. 눈물이 멈추지 않고 흘렀고 숨이 쉬어지지 않을 정도로 가쁜 울음소리만 새어 나왔다. 그리고 그 울음을 뚫고 우현이 숨겨왔던 말들이 쏟아져 나오기 시작했다.

　"사랑해. 벌써 보고 싶어. 어떡해. 이제 못 봐서 어떡해. 해인아. 보고 싶어……."

아무리 애써도 난 안 되나 봐. 조금 전에도 네가 놀렸는데, 어린 아이 티를 벗기는 멀었나 봐. 이렇게 갑자기 사라질 수도 있을 걸 알고 있었는데 막상 허무하게 가버리고 나니까 눈물이 나는 건 어쩔 수 없나 봐. 우현은 그렇게 생각하며 숨이 끊어질 것처럼 울었다.

그리고 그때.

"울지 말랬지."

순간 들려오는 해인의 목소리. 그리고 우현의 뒤에서 우현의 허리를 감싸오는 분명한 온기. 그건 분명 해인이었다. 감쪽같이 사라졌던 해인이 다시 나타나 우현을 뒤에서 껴안고 있었다.

"해인아? 해인이야? 분명 다시 못 나타난다고. 다시 나타나면 큰일 난다고……."

"큰일 나지. 거짓말 아니야. 나 다시 못 돌아갈지도 몰라."

"그러면 어떡해?"

"그래도 나한테 네가 우는 것보다 큰일은 없어."

그래도 나도 네가 사라지는 건 싫은데. 우현이 울먹이며 말하니 해인은 괜찮다고 말했다. 정말 마지막으로 한 번만 더 보고 오겠다고 부탁했더니 알았대. 네가 너무 예쁘게 울어서 한 번만 봐주겠대.

"그래도 오래는 못 있어. 정말로 한 번만 더 안아주러 온 거야. 이제 진짜로 가야 해. 그러니까 이제 울지 마. 알았지?"

"응. 해인아. 내가 못 했던 말이 있는데. 아니 몇 번 한 말이긴 한데. 그래도 하고 싶은 말인데."

"알아. 우현아. 나도 너 사랑해. 네가 내 마지막 사랑이야."

"응. 사랑해. 나도 사랑해 해인아."

"그런데 우현이 네 마지막 사랑은 아직은 내가 아니었으면 좋겠어."

"무슨 말이야. 너 말고 또 누가 있어."

"아직은 말이야. 쉽진 않겠지만 언젠가 새로 나타나는 사람을 나처럼 사랑해 줘. 그렇게 행복하게 살아줘. 그래야 나도 행복할 것 같아. 이게 내 마지막 소원이야. 아주 오랜 시간이 지난 뒤에, 그때 나를 다시 사랑해 줘도 돼. 알겠지?"

"그래도."

"시간 없어. 알겠지?"

"알겠어."

"그래. 역시 착하네. 내 우현이. 사랑해."

"사랑해. 해인아."

그렇게 한차례 바람이 더 불고, 해인은 그 바람과 함께 다시 눈 한 번 감았다 뜨는 찰나에 우현의 앞에서 사라졌다. 하지만 우현은 더는 소리 내어 울지도 눈물을 흘리지도 않았다.

해인과의 마지막 약속이었다.

어느 주말 낮. 우현은 심호흡을 하며 자신의 집 테라스에 앉아 있었다. 그의 손에는 별다른 특색도 없는 기타가 하나 들려 있었다. 위에서 아래로 줄을 튕기려다가 말았다. 손의 떨림이 좀처럼 사그라들지 않았다. 아무리 처음이어도 그렇지. 이렇게까지 모양 빠지게.

"제 첫 공연에 와주신 여러분, 오래 기다리셨습니다."

우현의 목소리를 듣는 사람은 아무도 없었다. 테라스 너머에는 동네 사람들이 지극히 일상적인 표정과 걸음걸이로 자신들의 발걸음만을 재촉하고 있었다.

"처음이자 마지막 곡입니다. 몇 주 동안 이 곡을 연습하느라 손가락이 말이 아니게 됐는데요. 이 곡은 제가 사는 동안 가장 사랑했던 사람이 부르던 노래였어요. 지금도 가장 사랑하는 여자고요."

물론 그 사람만큼 예쁜 목소리는 아니지만 그래도 잘

부탁드립니다. 우현은 그렇게 아무도 없는 허공을 향해 고개를 숙이곤 떨리는 손가락으로 기타를 치고 떨리는 목소리로 작게 노래를 부르기 시작했다. 처음 우현이 해인과 마주쳤던 순간 해인이 부르고 있던 그 노래였다.

"들어주셔서 감사합니다."

음정이 몇 번이고 튀고 기타 연주는 몇 번이고 멈췄다가 다시 시작되었지만 우현은 여차여차 그 곡을 다 부를 수 있었다. 그 후 한숨을 쉬고는 다시금 아무도 있지 않은 허공을 향해 고개를 숙였다. 그는 그제야 활짝 미소를 지을 수 있었다. 그 미소는 어느새 묘하게 누군가와 닮아 있었다.

배가 고팠다. 아무도 듣지 않는 노래를 부르는 건데도 내심 긴장한 모양이었다.

"마트나 다녀와야겠다."

우현은 편한 옷을 걸치고 계단을 내려온다. 그리곤

우편함 앞에 서서 괜히 자신의 집 호수가 적혀 있는 철제 뚜껑을 열어보았다. 우현 앞으로 온 편지는 아무것도 없었다.

하지만 우현은 더는 슬퍼하지도 실망하지도 않았다. 다시는 해인으로부터 편지가 오지 않을 거라는 걸 알고 있기 때문이었다. 이건 단지 습관일 뿐이었다. 나는 아직 당신을, 당신과의 추억을 잊지 않고 있다고. 그러므로 내가 당신의 마지막 사랑이듯 내 지금의 사랑 역시 여전히 당신이라는 걸 보여주는 행위일 뿐이었다.

현관을 나선 뒤에 바라본 하늘은 더없이 맑고 투명했다. 저 멀리 어딘가의 당신과도 마주 볼 수 있을 만큼 예쁜 하늘이었다.

우리에게
남은 시간 ——— *46일2*

© 이설 지음

| | |
|---|---|
| 초판 1쇄 | 2024년 08월 06일 |
| 초판 2쇄 | 2024년 11월 26일 |

| | |
|---|---|
| 지은이 | 이설 |
| 펴낸이 | 김영재 |
| 마케팅 | 염시종, 고경표 |
| 디자인 | 염시종 |
| 제작처 | 책과6펜스 |
| 펴낸곳 | 주식회사 하이스트그로우 |
| 출판등록 | 2021년 5월 21일 제2021-000019호 |
| 이메일 | highest@highestbooks.com |

| | |
|---|---|
| ISBN | 979-11-93282-15-1 |

* 이 책의 판권은 지은이와 하이스트그로우에 있습니다.
* 책 내용의 전부 또는 일부를 이용하려면
  반드시 지은이와 하이스트그로우 양측의 서면 동의를 받아야 합니다.